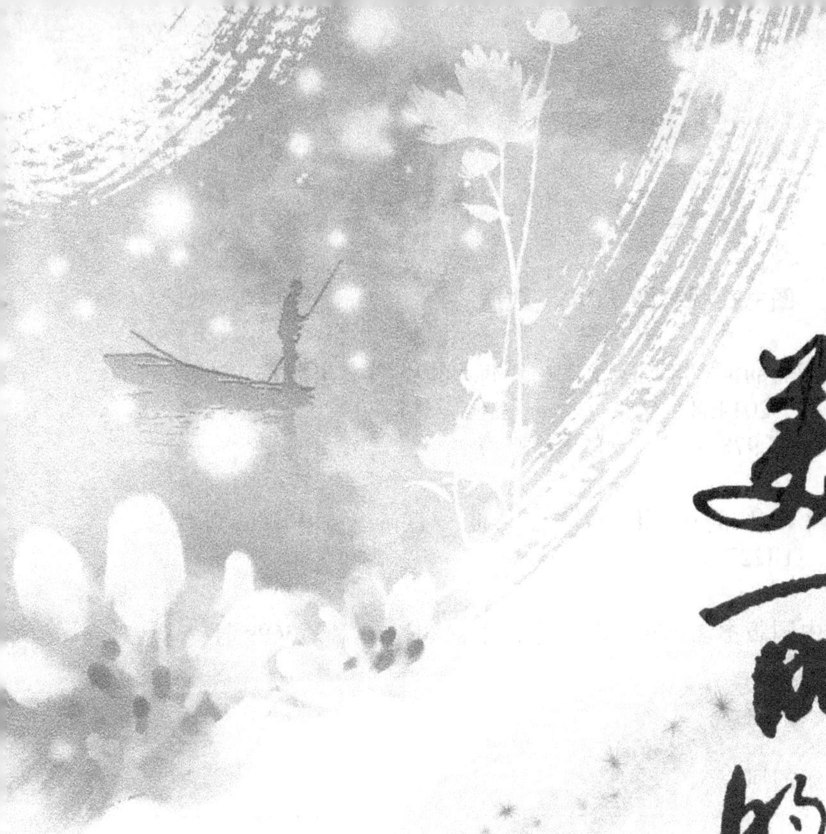

现代诗歌

# 美丽的河

李鸿鹄 著

让生命有价值　使记忆更甜美

生命中最美的事情，莫过于我对你的初衷不变

中国出版集团
世界图书出版公司

图书在版编目（CIP）数据

美丽的河/李鸿鹄著. —广州：世界图书出版广东有限公司，2014.8
ISBN 978-7-5100-8358-7

Ⅰ. ①美… Ⅱ. ①李… Ⅲ. ①诗集—中国—当代 Ⅳ. ①I227

中国版本图书馆 CIP 数据核字（2014）第 173699 号

美丽的河

策划编辑：陈名港
责任编辑：韩海霞
责任技编：刘上锦
出版发行：世界图书出版广东有限公司
（广州市新港西路大江冲 25 号　邮编：510300）
电　　话：020-84451013
印　　刷：虎彩印艺股份有限公司
版　　次：2014 年 8 月第 1 版
印　　次：2015 年 6 月第 2 次印刷
开　　本：787mm×1092mm　1/16
字　　数：190 千
印　　张：9.125
书　　号：978-7-5100-8358-7/I·0323
定　　价：38.00 元

**【作者简介】** 李鸿鹄，毕业于中南财经政法大学，曾任广东省高级人民法院审判长、审判员和揭阳市中级人民法院副院长、审判委员会委员。现为广东君厚律师事务所高级合伙人、专职律师。

著有诗集《想暖暖而已》、《最美丽的河》等。

# 前 言

月光越来越薄，时光是无限的，但我依然为回忆而感到生命短暂。

有些事情，我们已经尽力去挽留，可是我们无法阻止它的消失。而诗歌与我天然有缘，它常常在我被世界遗弃时，陪伴着我，让我深受鼓舞和慰藉。所以，从某种意义上来说，是诗歌挽留了我，并引导我蹒跚而行。在诗歌中，我懂得了宽恕——宽恕别人，也宽恕自己，从而对这个世界不记恨，也不埋怨。因为诗人阿多尼斯说过：“世界让我遍体鳞伤，但伤口长出的是翅膀。”

当青春的狂热在诗歌中慢慢消逝，被野火烘烤的灵魂最后皈依内心的平静。我如奥地利诗人里尔克所说的那样，“内在生命于是更响亮地重新吼叫起来，宛如登上更辽阔的河岸。”但是，我一直是个没有多少自信的人，觉得文字的表达是很艰难的事情。很多想说的话，因长年累积而成为生命的负担，并在夜里成为我无法直面的伤痛。

因此，我写诗，与其说是为了记录事件或者情绪本身，毋宁说是为内心情感的宣泄去寻找管道。虽然在写的时候，我没有想得太多，只是顺其自然，让它不知不觉地发生，但写完后，总觉得字里行间都是潜意识的本能逃避。我想，凡是属于痕迹的东西，都是守旧的，因为守旧就是坚持，而坚持是一种自我的肯定。

在冬天，即使遇到某种难以抵御的冷，我也会相信暖的存在，因此，对于生命中所固有的寂寞和孤独，我乐在其中。我的诗歌，多数与夜晚有关。在许多人看来，我是一个在黑夜里作茧自缚的人。的确如此，也许是因为黑夜的存在，我的灵魂才活灵活现，情感才可以充分地得以倾泻而不受限制。放肆是为了放松，谨守是为了平静，对生活如此，对感情亦如此。我喜欢化繁为简的生活，在忙碌中执拗于诗歌，无非是为了让自己的生命变得更加简单，而不是复杂。因此，诗歌的写作，对于我来说，是希望把生活的复杂，通过诗歌的倾诉而抵达一种深邃的简洁。

每个人都有两个世界，一个是视觉的，用眼睛来看，所见的美好，闭着眼睛即会让自己绽放出幸福的微笑；另一个则深藏在内心，它是寂静的，也是狂野的，只有自己知道。不管是哪个世界，我都难以把控，因此自己既沉寂，也有渴望，但更多的是克制。

我选择的生活比较封闭，没有什么流动性，几乎是一潭死水。有时候，我明明很喜欢某件东西，但我却装作若无其事。我不敢喜欢，担心喜欢会伤害自己，毕竟喜欢不是自己个人的事情，而且喜欢是一种超能量的行为，它有可能完全超出我的能力所控制的范围，故我总是小心翼翼地守护自己。未曾料到，不喜欢却是一种更大的伤害，伤得最重的那个人往往是自己。

诗歌其实不需要面对什么，如果真需要的话，恐怕就是写作者自己的存在、痛苦、欲望和孤独。这些都是人类所固有的，既是物质，也是精神，或者是两者的结合体。它们绵延于社会的整个发展过程，因欲望而产生，随肉体的消亡而消失。由于事物的千姿百态和非同质化，故无论多么敏锐的诗人，皆因自身感知能力的缺陷而对事物的本质难以洞幽烛微。我们唯一能做的事情，就是给所爱的事物套上温暖的茧而不是裹之以冷漠，因为每个生命，除了应该谦卑和恭敬地活着之外，它的自由更应得到尊重。

我希望自己是一个有温度的人。每个人都渴望自己是100°的人，但有的人39°就高烧了，我属于37.5°的人，多一度我会昏迷不醒，因此保持适度是我的本性。我不太喜欢现实的事物，因为现实的事物很难伺候，除了偶尔捎来片刻的欢愉之外，更多是塞给自己苦恼，甚至是痛苦。想象中的东西均是可爱的，它让我的翅膀更加坚硬，而诗歌的想象，恰好可以为我提供这样的一种尽情翱翔和自我煽情的方式。

人生的体验常被欲望撩起，然后反抗欲望，最后免不了被欲望征服。有时候，我们沉沦于物质，当身体的每个细胞充斥着物质时，突然而来的空虚让自己特别渴望精神的慰藉。于是，我们不断地在物质与精神之间来回迁徙，在疲于奔命中感受物质和精神以不同的方式和形态奉献给自己快乐。不管是迷失于精神或者物质，人始终会觉醒，因为迷失到了极致就是人的再诞生。

诗人布罗茨基说："面对历史中的异化力量，面对时间无情的遗忘本能，诗人最根本的职责就是把诗写好。"我不是诗人，也不敢把自己定位为诗人，我充其量只是诗歌的沉迷者。在这个物质喧嚣，精神静默的时代，我是一个按照自己内心向往而生活的人，对政治的不敏感和缺乏对人类命运的深刻思考，使得我难以把诗歌写好。社会学家鲍曼说，“就幸福而言，人数并不意味着权威，听从大多数人的意见并不有助于对幸福的追求。”政治是少数人率领多数人的游戏，我们或许可以不关心政治，但我们却时时刻刻活在政治生活当中。不管你心在哪里，只要你身处这片海，这片土地，你的身上就会密布着无数的政治血管，你的身体就会源源不断地被注射着政治血液，但你的身体只能接受一种型号的血液，而这种血型不应因环境的改变和时间的转换而改变，因为这是你的信仰。因此，幸福是很个体的感受，与政治没有必然的联系。

但诗歌没有政治，并不等于人没有政治倾向和立场，只是诗歌不应该总是隐藏着政治。毕竟诗歌是所有文学体裁当中，最适宜表达个体内心的情感世界，而越个体就越多元，越能体现一个国家对人性的宽松和自由度。对于诗歌，我无法用思想、技巧和对生活的精心提炼来达到诗歌王国的某一高度，我写的诗歌，只想反映真实的自己，而不是去呈现一个模糊不清的自己。如果把这些诗歌置于宏大的背景下，它无疑是时间遗留的微尘，无足轻重。

生活中，有的诗歌是很趋炎附势的，黏附于政治而生存。既然诗歌是文化生活的一个种类，其寄生于政治也正常。诗歌不仅仅是个体命运的符号，也是人们群体化生活的共同情绪表现，它关心共同体内部彼此的命运（包括政治命运），是习以为常的事情，无可厚非，可惜我无法做到，故我所写的诗歌，完全是为了让自己的内心永远有股清泉在流淌。

如果个人的命运能与社会的命运有机结合起来，生活必将风光旖旎。但为理想插上一根羽毛，不是一件轻松的事儿。生命从含苞到绽放需要一个过程，我们都希望生活纯粹一些，但纯粹似乎不是生活，这是人生当中很大的一个矛盾和遗憾。我写诗歌，不为别的，就是想通过诗歌的表达，促使自己内心趋于平衡。

喜欢是没有解药的。对诗歌的喜欢，不是因为迷幻，也不是因为喜欢诗歌能给自己一个确切的回答，而是诗歌本身就是生命波澜不惊的沉积。每个人的生命都是独特的，适合自己就好。最美好的生活，就是留点时间去容纳自己的灵魂，让它有家可归。

2014 年 6 月 2 日

于海陵岛

# 目录

CONTENTS

CONTENTS

# 长 夜

## 一

这些高高的云，跟着风一起流浪的云
因为电闪雷鸣，变成了翅膀
低垂头颅的鸟
飞过了我，飞过一座废钢的城市
最后落在海浪淹没的岛屿
独立的树木
带着伤痛隔岸观火
满天飞舞的灰烬把眼睛涂得漆黑
而野草和纵欲过度的花朵
正以蒸汽般热烈的情愫
从衰老的岩石掠走我最后一丝青春
赤裸裸的心，沉淀成砂
我是一个瞎子，在夜里抚摸一粒炭火
为着要点燃光芒四射的眼睛

## 二

月亮面对沉默的洞穴已经无计可施

深邃的天空像只铁锅
填满了黝黑的孤独
失眠的星星在银河的岸边泪光闪烁
远处的高楼逐一打开窗口
却对着荒唐的历史欲哭无泪
只有那条潜伏着的隧道
正以恍惚的眼神偷窥城市的梦境
通往神殿的道路
被堆垒的谎言严重堵塞
此刻，我是一道被压扁的光线
无人欣赏，而窗外的桃花却一笑倾城

## 三

这些反复无常的云，呼风唤雨的云
既把我腐朽的人生践踏为污泥
也把我盲目的精神雕塑为偶像
生命不再有繁盛的歌唱
漂泊的陈词滥调
在过往的河流中泛滥成灾
流亡的脸孔，在山川和城市里
变换着人生落叶悲秋的叹息
秋天啊，我把锋利的镰刀拥抱在怀
尽管我手舞足蹈，却失风情万种
南方，这片土地现在已寂静无声
除了胸脯，我再没有别的去接纳时间的犁耙

## 四

乌油油的云开始崩塌
尊严烂在泥土中犹如死去的麦芽
我在自己留恋的足迹中迷失
密封的智慧厚此薄彼
那个在码头上来回踱步的人
使湿漉漉的痛苦如河流般永恒
我在浩大的雨水中寻找一枚生锈的勋章
企图以此证明生命的波澜壮阔
然而，时过境迁的面容
在日月的起承转合中繁殖了雀斑
我自惭形秽的脸
如一片远离光芒的琉璃瓦
埋葬在黑夜的洞穴之中
我不曾想过，生命是如此的风声鹤唳

## 五

沉默，或者无缘无故的哭泣
不能愈合内心的任何损伤
低头走路，光脚仰望
点燃恍如隔世、形如手指的蜡烛
奔赴与世隔绝的山野
我在幻想中挥刀砍伐自己，淡然地死去

我不想留下什么，哪怕是渺小的名字
这一刻，我独坐在悬崖峭壁
渴望风将我吹落于峡谷
在大雨瓢泼无人的黄昏
我的尸骨难寻，而周围山花遍地
寡言肃穆的森林
蜿蜒生长在长夜的山脉
忍辱负重的叶子，落地成坟

# 比现象更狂野的是失去

我的眼睛，始终有一条清澈的河
两岸行走着一座座山
几十年如一日，它们静止不动
几乎没有相同的性格，甚至
每一棵树或草
在空气，在阳光，在不那么咄咄逼人的雨
以一种独特的形状，表现其千奇百怪
我看见来回踱步的空气消散
只剩下一块巨石，把太阳赋予它持久的光亮
照耀着我，以及一些轻微的软弱
我接受山和巨石的观念
凭着彼此的信任，我们之间进行交换
并体验到对方最原始的完美
没有一种深藏不露的元素是低微的
即使是因为可疑而变得平淡
然而，它们面露微笑，每一个侧面
都熟睡着一张不朽的诚实面孔
当我把目光从纯粹移开
颗颗微粒，因为流动而迅速堆积
它们没有皮肤，没有毛发，但呼吸
并从一个固定的方向，穿越了我身体的全部

包括我笨重的血和每块傲慢的骨头
它们坚毅沉着，却又漫不经心
深沉的本能，直率的性格
是如此的灿烂和动荡不安，连贯统一的风格
当物质徐徐升起，精准地命中世俗的脑袋
我们不得不静止地躺在坟墓里，直至精神也发臭腐败
啊，比现象更狂野的是失去
我，一个具体而抽象的人
因为存在而荒芜，因为荒芜而忍辱存在

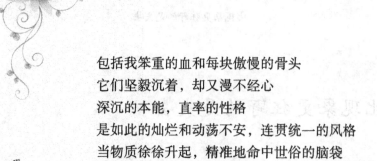

# 眼睛无法占有的世界

他有忠诚的对象：光、水和无足轻重的尘埃
额头因为岁月的发育而渐渐隆起
埋藏着思想或者其他的金属物质
他试图用一种庄重的颜色，粉饰自己
奢侈、豪华，让周围的一切显得不那么的真实
可生命是简单的，或许简单折叠着复杂
一杯咖啡，与一双眼睛对视
毛玻璃的眼镜，以模糊的方式磨合即将分离的语言
全部的历史暴露在光中，出生、民族、住所和经历
而细小的尘埃，搅糊了整个世界
这是一个彻头彻尾的偶然，正如
无声的句子因为停电而使意识集体遗失
在雾气笼罩的时间里，他找回了心脏和失踪的头发
心脏完好如初，只是头发已经花白
他突然好像想起了什么，然后低头叹息
潮水退去，勇者击水返回
告诉他更遥远的地方，生长着不知名的事物
他在镜子里找到了相对直观的现象
此时，海水袭来填满了他的空虚
在黑暗中，生命微光闪耀

对于眼睛无法占有的世界，心可以占有
源于发光的尘埃已返回原始的事物
他独立于水面，与独裁的庇护者分道扬镳

# 沉香，森林中的紫蝴蝶

我在你一根光滑缥缈的黑发上
忘乎所以地行走
紫蝴蝶吹来了你氤氲的气息
我忽然想起你
那缕与我衣带渐宽终不悔的馨香

你从古铜的明镜中闪身而出
无边的水袖，营造雨雾迷离的气氛
子夜里，你的绣花鞋
踩痛了我露凝渐重的寂寞
于是，我收拢如烟的思念
勒马驻足，向你温婉的影子鞠躬致敬

总有雨滴，沿着你的街道深入我的体内
总有一种泱泱的爱情，流淌了几个世纪
回漩在我的心中，又涌向朝思暮想
而你脉脉的目光啊，拐过了我
投身于擦肩而过却又依依不舍的熊熊火焰

花开如梦，我被一只知更鸟唤醒
月亮与我同城，而你是一片苍茫湛蓝的光

云闲山淡，琴声飘升，我以臻香奉献
我要献给你沉香馥郁的心瓣
焚尽思绪，我便是一粒小心谨慎的磷火
轻盈地落在你炭火烈焰的红唇

# 青春只剩下甲骨文

星星融化了，月亮默默走过了悲欢
而夜的洞穴再没有了歌声
蜜蜂死于花蕊，它们被果实遗忘
我爱过很多的新生事物
疾驰过这座无人戍守的城市
最后消失在夜的灯红酒绿
当青春只剩下甲骨文
没有人觉察场景转换后的暗淡
你苍白的手指，涂上指甲油后神采奕奕
我站在你的面前
血液像海的沸腾，语言如夜的沉寂
有人在江雪的独钓中沉没腐朽
有人在桃花灼灼中化身为灿烂
今天和明天伸开冰冷的双臂
拥抱微风中翩翩起舞的灵魂
当海水把另外一个芬芳的头颅托起
大地在月光的沉默中
朗诵你残雪般逐渐消融的青春

# 黑　夜

黑夜如潮水，涌上来，齐腰深
比黑夜更深的，是你的眼睛
像一个巨大无比的洞
吞噬我的灵魂
樱桃的嘴唇
与一个个接踵而至的黑夜拥吻
而你酣睡正浓

# 爱的方式

如果我的心，成为你不再踏足的废墟
那么，我愿意死去
就像一朵花美丽的枯萎
就像一条河流忧郁的干涸
就像一颗彗星燃烧后的消失
我可以，以任何一种形式，安静地死去

在你的怀里，我没有了挣扎
在你的心里，我没有了陆地
在你的时间里，我没有了尘埃
今夜，风停止了
雨停止了
一切复归于心的万籁俱静

我已经没有别的选择
因为只有无声无息的死
才可以让你感知爱的悲伤
才可以让你知道，爱你的人
死，是他最高傲的一种表达方式

# 留给你一种美



在春天，有无数的回忆
包括你一张雨水密布的脸
距离清晨的那段时间是不透明的
你的黑发覆盖着我
让我在黑夜里
总是感觉你如山峦那样的层层叠叠
感谢上帝
给予我这么多时间爱你

玫瑰带刺，是因为它有不可征服的灵魂
这就是你故事里的全部

我爱过你，那时你面容秀丽，目光清澈
有人爱你，摘你一片叶子离去
也有人不爱你，但给你一把泥土
看你是否再长出新的叶子
而我，只想呆在时间的最深处
抓住你的根须

就这样紧紧地抓住，直至最后一丝力气
只留给你一种美

# 假如还有春天

彼岸花影摇曳
这里依然是座孤城，冰天雪地
如果你遇到了我的暖
还迟迟不开花，啊，此地从此荒芜

从来没有料到，花开会花落
去年的四季，你开花了，然后又凋谢
你每次开花都没有结果
但丝毫没有影响你继续开花的心情
春城草木深
我愿意躲在最沉处，看你开花
于是，我有了一朵四季不败的心情

从来就没有诞生过
或许曾经诞生过的，现在已经死去
去了的，永远就没有归期
当寂寞如野藤蔓延
我看见一只
比我更孤苦伶仃的鸟飞过，没有声音

我是囚徒

周遭只剩下空空如也的四壁
所谓的幸福，永远咫尺天涯
生活不是
在死去活来中追求物质的堆积
生活不是在临近的大海
挖掘一口高枕无忧的水井
生活是将自己当成陌路
在河流解冻的时候，与春天挥别
然后走向下一个春天

从此，你死了，而我仍然活着
但你还会在我的梦中出现
你每个眼神都可以成为花海
我看到了雨丝
也看到了每一片叶子的贪婪
我的深爱，就在这里
在这个春夜，我泪水汪汪
我用无声，爱抚你一颗熟睡的心
我坐看篝火
是烈焰，也是灰烬
我走过你
然后客死在异乡的遥远

# 献给：妮

四月的风，温暖、滋润，洋溢着脉脉温情
四月二日，生命中发生的奇迹
在她的眼睛
一只凤凰破壳而出
桃花，滴下了
比露珠还要晶莹的眼泪
我看见她的眼帘
有股无比的春风得意
在杨柳依依的葱绿里
啊，万般的柔情
因这只凤凰的第一次啼鸣而惊醒

那天，天色微亮
空气中飘散着甜丝丝的雨粒
你穿上薄薄的羽翼，开始初夏的蝉鸣
叶子，在你的脸颊
印染上色彩斑斓的光
枕着月光，你与萤虫追逐
而我只在空旷的草地上高声朗诵
朗诵云的洁白和纯净
朗诵浪的澎湃与激情

那时，整个大地一尘不染
我伸开双臂拥抱你，沉默无声
只想献给你一个姹紫嫣红的世界
只想献给你一个喷薄而出的黎明

四月二日，这个薄雾缭绕的清晨，
我沉睡在密林的鸟巢，梦见你孔雀开屏
啊，孔雀蓝，隐藏在阳光里的火焰
每个想象和梦想，如小鸟飞翔
我躲在草丛中看你
看你的花团锦簇
看你的露珠与日月同辉
在这个陡峭而又崇高的日子
请允许我借用上帝的手指
轻轻的触摸你
每个心跳
如闪电般照亮你的幸福笑靥

# 我把翅膀收藏在风里

爱，永远是一句
深居简出，死去活来的词

——题记

如果我的梦，只是你月光下的昙花
我愿意把翅膀收藏在风里
而把你安排在迢迢的时光背后
从高处俯瞰
你是不是看见我
就是那朵凋花，或者虫蛀的落叶

坐在风里，感知浪
以及不可以名状的心情
恍惚的灯
如一粒黄豆，如我的心
你看不见我
看不到我脚下温热的土壤
你甚至
看不见带走我泪的风
而我是
也永远是你风里微不足道的尘

我无法证实
夜的颜色是否真的很黑
黑得我怀疑你的眼睛
怀疑从灰烬里苏醒的赤诚的煤
我忘记
把你的名字刻在树上
仿佛这棵树忘记了自己的年轮
而葱绿的叶子
依然在我的心里徐徐攀升

风，这一刻
把你吹得更高，更远
也把我的心窗吹开
而你的影子却不知去向
我裹风而行
你的叶子却不解风情
我躺在风里
周围是沉默寡言的森林
雨水从四面八方包围了我
夜啊，无边无际的大海
我不是岛屿
是你海底里永不移动的礁石

# 归 来

归来，越过黑白交替的边界
让我下一滴最大的雨
在宽阔的心穹
下完这滴雨
从此，我就为你干旱千年

但我来世还来这里看你
并租住这间梦中小屋
我会一直等
等星星变成陨石，等月亮现出皱纹
等我呼吸出的二氧化碳
使地球的气候骤然变暖
等北极的冰川
带来你更暖的海水
而我，除了诗心，再无以奉献

就这样，我静静地
伫立在人迹罕至的岸边
打算用一生的虔诚
完成我对你
被一次痛苦囚禁了的千年思念

# 假　如

假如人生
真的有一个可以祈祷和预测的未来
假如白天的赤诚可以换取黑夜的痴心
那么，我愿意
从此不再匆匆地走过你
我愿意
成为一条与你江海相拥的小溪
那怕前路是悬崖峭壁
我也会以飞翔的姿势
毫不迟疑地跃向你

# 雨夜的城市是空虚的

雨夜的城市是空虚的
记忆的指尖戳痛我陈旧的肉体
孤独是一种甜蜜
你滚烫的舌头曾经席卷过我的灵魂
黄昏和黎明
我坐在风暴里，心情云舒云卷
你燃烧的眼睛
如陨石沉入我的心海
我因此沸腾，蓝色的无疑是爱
我想你该有黑色的头发
以及寒冷的面孔。你，一枝独秀的花
含在天神微启的嘴唇
纯洁得令人惊叹不已
在岁月的牧场上，我想起月光的语言
那些都是我可怜的骨头
如此卑微，又如此骄傲
毫无原则地为你释放我全部的热爱

# 最美丽的河

二十年的季风，吹走了多少白发红颜
却吹不散心中那窈窕的影子
——《黄昏》．谢辉煌［台湾］

我是凌晨五时零七分梦见你的
梦见你是如此的直接和简单
就像是站在礁石上吹风那样
我被来自你遥远的气息吹醒了
梦见你时，你还在沉睡
浪里不断浮现你的名字
如星星，也如月光
你的名字高高地浪起
瞬间又隐没在夜色柔软的峡谷
我看见你的名字是蓝色的
晶莹剔透，仿佛是一粒细细的玛瑙
又像是一颗闪光的钻石
我奇异的心情因你的名字而波澜起伏
我从不怀疑你的美丽
也不曾想着要把你藏匿在我的皱纹
我只是高高地挂着你
让风去怀念让雨去记忆

你来过我这里，但低着头从不说话
并以花瓣绽放的速度
和我挽留的衣袖擦肩而过

你从来没有穿过色彩斑斓的衣服
永远是一袭紫色的丁香
我梦见你款款而来，又静静而去
你走的时候没有给我星光
你在黑暗中给予我的是稍纵即逝的眼神
因此，我在黎明降临的庭院里想你
而你，像一条涓涓的河流从我的心淌过
那是一条没有时空的河流
那是一条没有激情的河流
那是一条听不懂呼唤的河流
就这样你静静地流入了我梦的大海
而我只能伫立在更深更冷的冬天
意犹未尽地想着你。我，如饥似渴
就像期盼一朵饱含水分的积雨云
因为你的烘烤，今夜我是干燥的麦秸
我要添些你的芳香把梦点燃，然后焚身而去
把一种爱与恨的交加
带去荒凉的塔克拉玛干沙漠
把一种生命的简洁与复杂
带去不再需要泥土堆积的青藏高原

我是凌晨五时零七分梦见你的

我梦见月亮在海水中羞涩滑行
梦见你长长的青发
像鱼一样的亮着如雪的肌肤在游动
充满了我的情愫和热烈的血液
从模糊到清晰地把你看见
我与你中间隔着两张不能重叠的脸
这是海水与沙滩的幽会
这是瞭望的水手在摸索一条灵魂相通的航道
海风揣摩着我们在沙滩上留下的脚印
企图以一生的倾注将我们读懂
此时，我能用耳朵感知大海的碧波荡漾
海的声音比我轻唤你的声音高亢
而你不动声息地酣睡，并做着同样的梦
你可能知道，距离你遥远的地方
还有这么一股旖旎的暖流
正等候着你摇桨而来
在影子和印象相连之间
在梦乡与河流相会之处
我静静地做着梦，堆积着你海水遗下的沙子

# 这是一个独立而又孤傲的秋天

这是一个独立而又孤傲的秋天
黄河、长江在历史的沉默中，奔向东方
时间在落日与朝霞的更替中堆积了荒凉的沙漠
漠阳江，一条从没有放弃过思索的河流
她逶迤在我的心中
她细碎的浪花打湿我的眼睛
她连绵不绝的情怀让我彻夜难眠
今天，沿着似曾相识的河岸
我和你，如无数少小离家的萤火虫
提着一盏被思念点亮的灯，独步回来

漠阳江，一条在梦中距离我越来越近的河流
她带着对无数游子的倾心膜拜
还有母校一百年的秋霜雪雨
脉脉地注入南海。在她呼吸的气息间
在她温暖柔软的怀抱里
我们一遍遍的寻找和巡视
我们一次次的询问和抚摸
一切的一切因为熟悉而接近真知灼见
一切的一切因为陌生而感知开拓创新
自生命诞生的那刻，我们就是她的小小溪流

啊，漠阳江，一条让我崇拜让我狂热的河流
三十年过去了，我青春的季节已经入秋
而你依然不变，不知疲倦地流淌
漠阳江，故乡的河，我母亲的河
我在黑夜里梦见你我在白天的空隙里炫耀过你
你是我因向往而甘于奉献的涌喷源泉
你是我因畏缩不前而获得的力量支撑
我对你无法挥别，你是哺育沃土永恒的依然
依然漂浮着我们十五六岁的求知欲望
依然闪烁着我们泪流满面的理想光芒

三十年前的九月，那是一个怎样的秋天啊
我们一路欢腾，汇入了浩浩渺渺的漠阳江
于是，我们有了江的魅力，有了海的胸怀
曾记得也是一个秋天，一个枝繁叶茂的秋天
我们像一只只鸟儿，展翅飞翔
飞向东方，飞向北方，飞向号角响起的地方
也有些鸟儿始终对故土恋恋不舍
最后留在这个水墨淋漓的江城
我们穿过风雨，把丰满的羽毛化作成壮怀激烈的白云
我们越过高山，用蓬勃的火焰照亮了贫穷落后的山村

三十年啊，一个水涨潮落形成的痕迹
或许我们的梦已经依稀，嘹亮的歌声也形同落叶
在这个静谧而又丰盈如画的秋天

黄色已远远不能企及我们斑斓的色彩
激情也无法再主导我们的辽远与清新
于是，我们梦回清纯，也怀念青春
我想起望瞭岭上情窦初开的相思树
我想起被热血点燃漫山遍野的火凤凰
那年的秋天，是青春疾走微微泛起的书浪
那年的秋天，是盛夏过后青春盎然的飞翔

漠阳江，一条孤傲而又独立的河流
你是我永不枯竭的血管，是我渐成气候的江湖
我迷茫的时候，是你让我变得从容和坚定
我陶醉的时候，是你让我保持克制与清醒
如今，我们静静地坐在你的身边
我聆听来自江畔缭绕的笛声
如聆听你一往无前的浪花朗诵
我们是风的影子，也是秋天里最热烈的红叶
是你最情深最懂得眷恋的一滴水
我们汇流在一起，是为了明天的奔流不息

# 延　伸

被一种香的烟雾缭绕着，乃至神魂颠倒
如此虚弱你的脸
沉静如河床底下的一块石头
你的高傲让我如履薄冰

仿佛整个世界没有多余的激情
你的沉默如同死去

河流从天际汹涌而来
雨是最好的抚慰，它让白昼鲜艳无比
你望着天空，那么遥远，和绝望
你望着大地，那么陌生，和空虚

我多想从你黑亮的眼睛经过
吻别你的忧伤，连同你燃烧着的泪水

# 渴望在生命里觅迹追踪

渴望像一丛含羞草长在你的额头
它们高于灰尘
五月，春的尾声拖延于你眼角的皱纹
与你的缄默深藏不露
所有的泪水都流向了咸海
你抛弃泥土的软弱，留下岩石的坚硬

必须给那枝含羞草浇水
让活的意义熠熠生辉
跪的姿势是可耻的，你尽显英雄气概

让花的微笑等待我们
让信仰穿越荆棘归隐于灼痛的心
有时，我也有你同样的哭泣
推窗仰望，我的思想渐行渐远
但黑暗中，你的灯光从未熄灭
指引着失明的蝙蝠在夜里欢欣觅食

# 我不再怨恨风



我的花儿粗心大意地早开了
没有美丽蝴蝶的追逐
叶子一如往日的舒展和沉静
坐在庭院里
心紧贴太阳一起温暖
没有人问我，包括了如指掌的远方
而流过的时间，从不构成我的痛苦

虽然现在我一无所有
虽然在另外的地方
有人对我嫉妒，铺天盖地
可我，是高空里落下的焰火
没有丝毫的畏惧
我爱阴天里哭过的花
正如我对自己的无限热爱

从南方来的风，我很陌生
从北方来的风，我同样的陌生
即使再熟悉的风吧
我知道它们都将是我的过往

我已经不恨某些风了
它们在某个季节冷冷地吹过我
但我也清晰地记得
它们曾经的暖，吹开过我再见的花朵

# 给　你

我一定要给你一些我的鳞片
一些你未曾见过的皮肤
那些鳞片就是我的历史
皮肤铺满了阳光
在你的面前
我要烧毁漆黑，并坚持到最后
哪怕我终于成为旷野
哪怕我终于沦为废墟

我会从最低的云层穿过
飞花柳絮般地奔向你
对我而言，回忆就是诱惑
我固守你的窗棂
是为了得到这秋日里最后的一抹阳光
这些温暖的和游离着的光线
一定会见证什么
包括我未曾风干的眼泪

我知道，你一定还在某个角落
也许已经轻易地将我忘记
但是，我等了那么久

就是为了想等到这个季节的转换
我要以水滴石穿去接通抵达你的道路
我要以飞蛾俯冲的速度接近你的焰火
如果你对我失去了知觉
我愿意在冬天里像野草那样死去

所以，我一定要给你已烧焦的鳞片
一些你未曾落脚的皮肤
那些鳞片是我对你说完的最后一句话
皮肤烙印着我对你的虔诚
陌生女孩，在你的面前
我要手起刀落
哪怕我死去的名字了无尸骨
哪怕我最终成为你爱的阴魂

# 再给你

我要给你我的每根毫发
要给你我的热血我每寸的骨骼
你，这个无孔不入的女孩
让秋日里的思念就像细胞一样
不断地在我全身繁殖
在这个秋雨初歇的季节
在这个青春将要凋零的前夜
即使我要给你我的全部也远远不够

你说你喜欢雪花
我昨夜的梦就飘起了鹅毛大雪
我把发烫的脸紧贴窗户的玻璃
呼唤你的名字
你的名字即时热气腾腾
大雪覆盖了一切
包括我未曾暴露过的语言
包括我胆怯而赤裸的丹心

那些雪在风中向我奔来
它拥抱我也抱紧了我的孤单
这时大地毫无动静

只有我的心，跟随着你的心在跳动
那些雪是晶莹的，和你的眸子一起闪烁
我突然发现雪后的草原是如此的宽阔无边
我像是一朵梅，被你的气息吹落
因为洁白而原形毕露

你想象不出我对你的陷入有多深
你也不知道我已因你而脱胎换骨
我如雪的飞舞
带着纯粹的浪漫和英勇
或被你的柔美征服，或被你的薄醉所改变
当这个秋季成为寒冷的征候
也许我什么也给不了你
包括我滔天的沧海，和萧索的桑田

# 河流不会忘记

河流不会忘记
你只给我一个无法捕捉的影
午夜的花开始凋谢
时间停止在偶然的一刻
而我用一生的等待
竟然抵不上
你一秒钟的转身
从此，一张脸
紧贴着怀念的河流而去
孤陋寡闻的生命
即是这条河流的倒影

# 如果你在黑暗中看见了我

## ——写给 LQY

如果你在黑暗中看见了我
那么，宝贝，我是你亮着的眼睛
如果你在头顶上，看见我的雪终年不化
那么，宝贝，我是属于你的原始森林

像这样的夜晚，我一直照看你到天亮
那时，红色的更红，轻的更轻
而你在我的臂弯里，安然地熟睡
你用明亮的哭声交换了我的肝，交换了我脏
而我，只能用血液交换你，我的宝贝

我终极一生却没有海，宝贝
我只能用全部的汗和泪水，为你创造大海
并期待着你从大海归来
那时，蓝的更蓝，暖的更暖
而我，从陆地和海上，抹去一切痕迹
把一个干净和循环的四季交给你

宝贝，在我还有能力爱你的时候

你的河流一定会有桥梁
你的冬天一定会有风景
如我不能用耳朵去倾听你，宝贝
那么，请原谅我妥协的寂静
也原谅我乌云低垂的黎明
那时，在蔷薇花开的角落，果实会激动
安详会微笑，阴霾也会闪着金光

# 我一直被你的呼吸所统治

你站在岁月的风口上，风鼓动着你遥远的身影
让冷月也感叹。而海
从你的眼睛铺天盖地而来，伴着星星的浮现
所有的岩石都是一种铺垫
你的脚印已深入我梦中的烟霭
此刻，爱充盈了我
就像海水从沙滩上温柔地经过

以至于躲藏在云里的脸
无法栖身于苍茫的大地，但我要等你回家
不要告诉我世俗距离那山有多远
不要告诉我忧伤是否还笼罩万物
当雪山潸然泪下
我便是被你的爱照料着的河流
在清晨的镜子里，你是我的至爱
在秋风掠过的日子里，你是我的最亲

我们坐在阳台与风对唱
不经意间，万物在心里潜滋暗长
不只是潮汐，不只是磁场，不只是酒和月光
那些纵横交错的皱纹

如同阡陌，终究会出现在青春的田野
但我们会变得跟炊烟一样的宁静
再没有忧郁，也没有什么悲伤
我呼吸着你的呼吸，穿越记忆中的云层

# 我是你河岸上独立的树

一直以为熄灭的灯光不会重新亮起
一直以为凝固的冰凌不会随时间而融化
一直以为远走他乡的候鸟不会在天空写下归期
一直以为我今生的轮回不会有你前生的等待
今晚，我坐在春天潮湿的空气里
你让我看见了从海底喷涌而出的焰火
让我在生命的兵荒马乱中
找到了那一截狼烟四起的诗句

就这样，我变成你河岸上那棵独立的树
叶子闪亮，带着朝朝暮暮的雨水
我被你的风吹拂着，从远古直到星光闪烁的未来
就这样，你成为我屋顶上的一轮明月
让我在清瘦孱弱的时间里
望穿了浓重的白露与浩渺的秋水
这一切，都暴露了我的心
就像是紧闭的窗户被你的手轻轻地推开

从你的手指，到你的裙子
从你的平底鞋，到你恬静的发夹
我一直猜测着它们成长和存在的年龄

你的手指长满了我幸运的挑花
你的裙子蜡染我无数的心事
你的鞋子落满了我远道而来的尘土
你的发夹诱惑着我异想天开的花朵
然而，我的花盛开在找不到出口的地铁上
因而，这个春天的全部都属于你

于是，我把热烈当作最美的燃烧
把四季的交替当作与你的生死别离
来自你的声音是馥郁的
我用半瓶的黄酒泡浸着它
我要用千次万次的善良和感动
等待着爱情从你的瓶口诞生
用温暖的眷恋和灼伤的疼痛
缓缓地注入我的逐渐老去的年华
直至我的肉体在你的空气里彻底地消失

# 日积月累成为我心对你的永远

我和一棵树站在你的对面
雨呼吸着春季的风
叶子在遥远的地方观望
我站在河流的中间，因为水的流动
我的脚开始浮动
并一步一步地接近那个方向
接近在河岸上走走停停的你
冬天的冰河
因为你的气息而逐渐苏醒
这时，我感觉温暖
感觉你原来举棋不定的手在向我召唤
要唤一只属于你记忆的鸟回归

于是，我的心在云端扇动翅膀
做着穿越云朵的梦
我肯定自己的血在迅猛地流动
肯定在梦中邂逅的那个人
一定可以在醒后与我相逢
我相信雷鸣闪电
会带给周围清新的空气
相信一棵遮天蔽日的树

可以带给我无忧无虑的光阴

春天里，因为你的风和丽日
我的心被轻轻地打开
如花朵的纵情，像含羞草幸福地熟睡
这是一个梦和影的重合
这是一朵花与雨由衷的对视
这一刻，我终于爱上了你
爱上你辐射的阳光
爱上你这个让我由爱生恨的上帝
隔着一条河流，我站在你的对面
我的脚连着你的根
就这样一动不动的站着
直至日积月累而成为我心对你的永远

# 我是一条灿烂的鱼

梭鱼游过大海的憧憬
怀念的涟漪，与记忆的沙子拥抱
每一朵月黑风高的浪，都是鱼的梦幻
而你，坐在春潮涌动的船
看如痴如醉的珊瑚
沉迷为羞涩纷乱的岛屿

我是一条遮掩不住思念的鱼
只活在你灿烂的水
我横渡
无数悬浮的城市
与你瞬间绽放的帆影为邻
定居于你脸上的嫣红

当大海填满精卫的鹅卵石
当日落的彩霞成为生死不渝的忠贞
我不再渴望做一条思念的鱼
小心翼翼地游过你秋水晃动的眼睛
我要告诉你温暖的亲人
我只想做你目光下一粒晶莹剔透的盐

# 我是一条孤单的鱼

热带酝酿的风暴
全部涌进眼睛
海水，与我的灵魂融会贯通
我是一条放开四肢
向着你的方向游动的鱼
游过你秀发的水草
游过你夜风私语的红树林
游过你玲珑的身体
游过你生命的赤橙黄绿青蓝紫
然而，我最终精疲力竭
游不到你的心
海鸥的翅膀有云朵相伴
而我是一条孤单的鱼
随浪跃上甲板
死于一次对梦的追逐

# 致　月

月夜，我的灵魂
情不自禁地向你靠拢
像一片叶子
带着无限的渴望和幻想
企图接近
你唯一的太阳

黑夜中，你恩赐含蓄的光
与我发生光合作用
让我浑身上下
散发出清新的气息
我多么希望
你能轻轻地呼吸我啊
轻轻地呼吸我，呼吸我，呼吸我的无穷无尽

然后，向我
吐露你醉人的芬芳
可今夜，你朦朦胧胧，故作神秘
我多么寂寞啊
呼唤，呼唤大片大片的月光共饮
我喝你花朵怒放的影子

喝你化实为虚的青葱风情
直至我连清晨的露水都一饮而尽
而你始终默不作声

# 短　歌

我因你而饥饿
瘦骨如柴

七月的爱情骄阳似火
跋涉，风餐露宿

我梦寐的眉梢
停歇一只贪得无厌的蜜蜂
玫瑰芳香诱人
你却无影无踪

# 空　旷

这么大面积的喜悦
金灿灿的稻谷
赐给我内心的胀痛及秋后的空虚
我抱膝而坐
抬头，看见一只鸟
直冲云霄
留下我
在空空如也的谷壳里
呆若木鸡

# 黑发谣

那天，你给我一根黑发
给了我意犹未尽的美
它恬静的色泽
深远地影响了我的双眼
我全神贯注地痴看着它
居然忘怀了今生

倒流时光
我汗津津地端详你的黑发
灯花婆娑
你风吹草动
我心慌失措

如丝丝细发，我不绝如缕地想你
想你时
你的影子乘虚破门而入
我看见你瘦若青竹
犹如我饱经风霜的相思

# 英雄迟暮



一匹高头大马在咀嚼黑夜
眼睛
灿若星辰
旁边的小马驹
对黑夜的未来疑惑不解
当年四蹄也乘云御风
如今老骥伏枥
惟有静观
太阳的朝生暮死

虽然你宁死不屈
但在时间的面前总是英雄气短

# 致 M. S

阅读我的诗歌吧，阅读我
阅读我日光月光编织的清秀影子
阅读我的过去、现在和未来
我只有一次美丽
当你轻轻地翻过我的扉页
你会看到我逐渐走远的容颜
郁郁葱葱的青春不再
你漂泊在无数云朵之上，因孤独
形成另外的云朵
那时，我的眼睛
涨满了冰花消融的泪水
那时，我的声音
暖暖地掠过你的名字
那时的我，简单得如今天的诗句
不再逐一披露
我心灵的焦虑和疼痛
对于你，我无穷无尽的爱
只有一颗最温柔的恻隐之心
在你田园风光的背后
我的精神将纯火炉青
我的眷恋会云蒸霞蔚

那时，你反复吟唱的一首情歌
在晚风中情意绵绵
而我愿意与你一吻而过
然后幸福地闭上眼睛
多少年后，你的花朵鲜艳
漫山遍野
开满这片无人种植的山坡

# 彩　虹

把彩虹最美的光抽成丝
包扎受伤的爱情
让它化成时间的茧
但我不会拘泥于此
我有足够的勇气
奔赴各地去歌唱，如青海湖的飞禽
因为爱，栖息于那片清澈的水
我要把一滴比一滴的纯净
渗入地表，藏匿在深深的岩层
从此与你井水不犯河水
南来的雨，北吹的风
该记住的要记住，该忘记的要学会忘记
我不再出现于你马尾辫的丛林
像狐狸守候一只兔子的出现
我双手合成薄薄的叶子
退回太阳的背后
让生命的颜色，绿得更青翠
让流离失所的心重回故居

# 爱上你的蓝



你那里的海是蓝色的
使我想起你的温柔
也是蓝色的
蓝得让我对你的爱深信不疑

我浮在
这片深深的蓝
你的世界是如此的宽阔无边
即使是神圣的手指
也无法触及
因为你的蓝
我想完成一次
对海的横渡
你的海水
含情脉脉地流过我的头顶
温软地流过
我的衣袖，还有我想象的翅膀
我的心
如小小的船
整夜
颠簸在你的海

你的海
是我眼睛里的底色
今夜，你，就是一盏温暖的渔火
贴近我粼粼的水面
最后消融在
河流远行的声音

我是如此的爱你
胜过大海爱它的每一寸陆地

蓝色的
沉静的
透明的
绝望的
比天高，比水长
海一样的，无以伦比地我爱你
比海更大，更多，更有力量
因为你的蓝
爱你，我已经把痛苦置之度外
把浪花的死去视作荣耀的归来

# 幻　象

大海把力量沉到最深处，淤泥
让你的眼睛全是污泥浊水
太阳只生活了一天，便与世长辞
遗下月亮，在掌心里痛哭
因而泪光粼粼
九月，不断询问星星
镜子模糊，灯盏的幽灵
在黑夜中拖着长长的影子
你却一声不响
飞溅的火花，寂寞地燃放
河水静静流淌
每个毛孔滴着温婉的冷清
傲骨没有了，苍茫四顾的饿狗
从东往西走，折回看着我
眼睛满载疲惫
恶俗是不可避免的
因为还有人间烟火。我对大海
大喊几声，像凌晨时的狗吠
如果萤火虫提灯找你，千万不要出声
香艳的女子走过
时光的披肩贪婪地爱抚她的肌肤

你坐在我的膝盖上
解开衣扣，探测我无人知晓的身世
“我是谁?”我也忧心忡忡地询问自己
因为寂静，声音绕梁，不绝如缕

# 倾斜的光

风，渐渐地薄了
我对一支蜡烛凭空想象
今夜，你是不是也用这样的残骸虚构我
沿着你曲折的方向
我把有限的日月
平分给你
包括我的左心房，和右心房
作为前生的因果
亦毫不犹豫地分给你一半

夜深人静
隔一层纸，你透给我比纸更薄的光
这光，是一条无法掐断的缥缈的线
是一座悬浮在湛蓝天空的天桥
是一抹接近风花雪月的黄昏
我，在这层清香的光中慢慢下沉
沉为水底里无法捞起的星星

在这个黑夜
我做了一次最荒诞的寻找
除了静止的风

我看不到任何风景
看不到别的事物和它存在的形态
我只看见你阴沉的背影
如同黑漆漆的夜
爬上我孤独无语的屋顶
在午夜雾水禅坐过的地方
我的爱是肺腑的疼痛
是生对死的弃暗投明

# 以往的春天

这是无所谓的雨
这是漂浮在昨天的
最后一次盈盈的哭泣
我，属于青梅
当日影移至屋檐
煨酒的相聚搂抱着哀怨的芳菲
你，一条游在我泪水的鱼
游过我空空的四壁
游过你山盟海誓的谎言
可我，隔着门窗的透明玻璃
依然煞费苦心地
对你绽放着晴朗的微笑

这是初春吐艳的季节
我只有一颗青梅
风，轻轻地摇了摇我的心
青梅便落地
这是我生命中唯一的青梅
我梦想的全部——
落地了
和着些泥泞与时间的凄美

四月八日，阳光，心的皈依
我换上淡雅的衣服
让细雨霏霏转换朗朗的季节
这个湿冷的春季
在南方
我一个人走路
与关怀的风谈古论今
虽然偶尔有雨，心情如鱼得水

# 舞　者

发现淡淡的
清香，也如烟
我是一个在初冬薄冰上
扑打翅膀的舞者
遐想，追逐
沿着
心倚靠心的方向
我，把可以刺破黑暗的
眼睛，分隔在她
潮涨的早晨
大海啊，那里有我恨恨的蓝
有她欢天喜地的跳
和艳妆的
醉容

现在，我是萧萧的风
为巍峨娇媚的山，作响于树丛
雀跃
完美地旋转
我是一个舞者，她也是
我在蛙鸣声中

噙着激动的泪水
一直，一直地
保持放荡不羁的姿势
保持进退的稳定
保持爆炸后
破碎笑容的完好如初
因此，我喜欢淡淡的清香
味道清晰
她如烟

然后，我描绘天堂的蓝
把惊世骇俗的颜料
倒入她的眼
她的眼泪，瞬间到达了天湖
因为她的沉默，我倾斜
再倾斜
并逐渐接近她的身影
夜，如此之深
思念
巨大的鲨鱼
在夜的海面游来游去
而我
毫无知觉地闯入
鲨鱼的禁区
此时，我不再是舞者
我是一条黑鲨旁边最近的鱼

# 致北方的白桦树

当风摇落白桦树露珠的晶莹
我的眼噙满一意孤行的泪水

今夜星空灿烂，我看见你的眼睛
藏在白桦林之后，闪着光
你，把我从树的顶端摘下来
然后握在温热的手掌
细细观赏，叶脉就是我
阳光在纵情照耀
从你的太阳岛，到风景旖旎的珠江
南方的河流
几乎爱上了静谧的北国月亮
所以每颗沙子冲积的岛屿
才那么的靠近
就像我心中的波澜
在暗夜里
只倾听那朵情急的紫罗兰
我远远地隐没
又情不自禁地不想躲闪
此刻，你如一个黑衣刺客
飞身落在我的心坎

我看见
你刀的温柔
和目光深情专注的锋芒

那么，就让我去吧
去那座被鲜花和葱绿包围的松木小屋
这个夏季
已经赋予我绽放的芬芳
我要像雨带给你海的蓝
我要像鸟带给你自由的幻想
我要像辛勤的能工巧匠
带给你灯花烂漫的厅堂
然后你成为奶奶
而我是那个躬身于花园的爷爷
我会以一片新生的叶子
跟着你的白发起舞
如果真的要生起熊熊的火光
才能照亮这千年的期盼
那么，请你燃烧我吧
烧尽我全部的骨骼
让熟睡的灰烬
安顿我与你相依为命的心

# 空 虚

我的青春
雨水一样被风刮过无数的季节
直到夏天的台风再来
窗户被撞开
书房一片狼藉
我活着
而青春，是泪水泛滥的重灾区

青葱的颜色变黄
萧杀的秋风使我的心发慌
我用全部心血灌溉土地
只发疯般长着几棵狗尾草
生命中的活色生香
使青春更加风雨飘摇
热情已经成为岁月的炊烟
原来裸露的生命依然轮廓分明
但外表坚硬的岩石
却深藏着我层层叠叠的空虚

# 草原上最后一匹马

风吹草低，你见到了我的牛羊
在这里，我放牧青春

阳光因为一棵树的沉默
搁浅于一片阴影
山花含泪
风，听不懂我的语言

你是草原上的最后一匹马
疾驰过我眼角的皱纹

# 我离你伤口越近就越悲痛

雪月的思想风花
最后追降在化石般的头颅
我离你伤口越近就越悲痛
诗人策马而过
声音清瘦
总会有些语言消失
总会有事物暗藏在视野之外
消失的可能是皎洁的月
暗藏的可能是浅灰色的瓦砾
尔后出现的雕花骨头
沦落为大众无趣的审美意象

春风垂青于夜间的幽灵
辛勤的蜜蜂已死
芬芳的诗歌孤苦伶仃
星罗棋布的天空
已经装不下我小小的寂寞
早年藏掖的诗意，流落民间
被烹调成周杰伦口齿不清的《青花瓷》
在诗美探索的时候
闪电的响雷

使较劲的皱纹裂开
并瞬间破碎
前途未卜的命运
暴雨般流过狭窄的喉咙
我离你的伤口越近就越心痛

# 寻　觅

那个夜晚，没有月亮
星星保持沉默，甚至是海
都没有了哭泣的声音

夜啊，多么漆黑的泥土
我薄薄的身影
形如风的翅膀

当雨成为萌芽的梦
时过境迁的名字
在寻觅另一片海阔天空

# 沉默幽灵

雾与水编织无足轻重的语言
像晶莹的冰粒
消融在肌肤透明的阳光
泥土因海水的变化而浮于表面
冬天裂开微笑的伤口
历史正冒着青烟
没有人能从短暂的瞬间
捕捉自由的蝴蝶
在这个单调的早晨
一朵又一朵的白云
在南方的窗台上怒放着无形的花
岁月滑落在
厚古薄今的青石板
想象熄灭于微光闪耀的灯芯绒
我从无数石子的坚硬中
进入未被挖掘的世界
当诱惑穿过生命狭窄的出口
一个沉默的幽灵
藏着一颗渴望燃烧的心

# 我是一棵树

我是一棵树，一棵不谙世事的树
阳光不了解我，月亮不了解我
甚至暴风骤雨也不了解我
我只好默默地承受
整个世界对我的不了解
我的灵魂是隐居的青蛙
只在黑夜的沼泽里自由出没
春天的雨滴落在
我的叶子之上，成为月亮的眸子
星星在了解与不了解之间含泪徘徊
在引发暗光浮动的欲望中
我全部的乞求
现在只剩下这些来路不明的孤寂

我是一棵树，一棵随心所欲的树
我信仰风
与它在上帝的面前跳舞
我珍惜自己的每一片叶子
如果你不欣赏我，我就孤芳自赏
我漠视霜雪
鄙夷轻浮的尘埃

我兴奋于摇曳时的自由
忘却脚下自惭形秽的影子
忘却记忆中心惊胆颤的慌张

我是一棵树，一棵甘愿舍弃自我的树
在这个言辞无法表达的季节
我奉献了全部的叶子
却无法感动
一个欲壑难填的世界
我看见晨光无动于衷的苍白
我看见大海雷霆闪电的哀伤
当繁花绽放为时间的宁静
我用全部叶子来埋葬自己的根

# 把我的世界献给你

把我的世界献给你
而不是忧伤
像一枝成熟得无法抬头的向日葵
在夏日的静默中钟爱
在你的面前，我藏着的心事不敢打开
因为打开了就不再成为秘密
蜜蜂飞过我的嘴唇
它没有带走我的甜蜜
而带走了我没有翅膀的心
当我的爱在风中招展
蜜蜂的歌声
落入了闪烁其词的黄昏

# 你的背影是漆黑的夜

我不是你唯一的歌者，在你的路上踏歌而行
大海蓄满了浪的声音
你海鸥般掠过水面
把若有若无的风献给了帆
顺着你的水势
我一心一意地漂远
云像花开在天空
我如雨
落入大海。你始终看不见
我已是你的一部分
并用一生的呼吸
涌向你的岸
你把我推向陌生的礁石
没有月光
你的背影是更漆黑的夜
我忘却了自己的面容
忘却了身在何处

# 离梦很远的地方

周围没有光
你看不见青草的颜色
废墟的蝴蝶，涉世不深
只看到罂粟的妖媚
灵魂的火焰
越来越接近一盏灯火的熄灭
瞬间的黑暗
将趋于永生的灿烂
看风景的人
不看我的美丽
只眺望远处的海市蜃楼
因此，我把花的残骸
葬在时间的隙地
引来蝙蝠夜夜歌唱
藏身在洞穴里九死而未悔

# 怀　念

并不是所有的时间都滴水成冰
除了来自你的温度一降再降
降到无法逃避的临界
降到生命中的难以想象
我才变成冰
成为浮上心头的时间再见

是什么形状
我无法描述
或者是痛苦的面容
或是记忆祭坛上的丝丝青烟
在你的世界里
我把前世的热量
都收藏于
水底浩浩渺渺的怀念

语言因为风的停止而布满了灰尘
多少次我从睡梦中惊醒
为一滴
窝在心里泪水的流动

而一忍再忍
如今，它终于破壁而出
成为生命汹涌的海啸

# 告 别

躺在最安静的地方
听不到泥土上面的喧哗
开花了
颜色一定鲜艳
那是我
留给你最好看的颜色
在最繁盛的时候
入土
与花同样凋谢的面容

时间燃烧完了
深埋的声音萌生孤单的芽

虚荣的雪
没有像云雾一样
升到天堂
但你将看到无言的雨
因为坠落而获得了新生

# 我的心比你的风更宽阔

你赐予我的黑暗
终于有了光
像彩霞隐藏的热情
喷薄出你的妖娆
我在歌声中将你慢慢地温热
然后把你升腾到天际
我喜欢用仰望的姿势看你
直至你消失在云端

远处，是无垠的
更远的地方，更是无垠
我喜欢你呼吸如风
一片，一片片地吹来
吹醒我思念的叶子
以及躲闪在
叶子背后的整个春天
我的心比你的风更宽阔
可以沉淀你的悲，你的痛
让你恹恹的爱情，重新勃发生机

我爱你，不是因为我相信永恒

而是相信爱
在遥远的路上穿着嫁衣从一而终
今夜，我用耳朵倾听你
夜是澄明的，没有葡萄美酒
但我已在你的眼迷醉
你是萤火虫
把我温暖地照耀
但我假装不认识你
只想在生烟的梦，与你狭路相逢

# 未　知

里面的世界空无一人
没有星光
黑夜比月光更宽广
事物的枝节
因凌乱而变得色彩缤纷

漫天飘雪的寂寞
冷得比梅
还要更灿烂
我看不见的地方比所见的更遥远
我看不见的时间比黑夜更深邃

在灵魂救赎无法抵达的地方
眼泪使江河不断向前跃动和流淌

# 有一个词

我任由血液
凝固为一个隐忍的词
有时候它是热的，有时候异常冰冷
但我始终不敢说出来
始终不渝地
坚持那种自由的不悦
直至它淹死于大海
直至自己完全地忘记了伤痛
在黑夜的传说中
等待一个新的太阳
再次灼痛我悲伤的眼睛
今夜，我嘴唇上的某个词
再次呼之欲出
但我害怕一旦说出来
就会变成白纸黑字
因此我只好在热爱的地方
挣扎和含泪
吞噬那个令我伤心欲绝的词

# 在花落的时间里与你说再见

有种感觉在夜里跳跃
仿佛是丛林里的鸟
有着灰黑的羽毛
但我难以复述
它飞翔的形状和痕迹
今夜，是谁劫夺了星星
使黑眼睛变成焦炭
当声音沉迷于湖面的平静
孤独呼唤任性的时间
泪水像是苹果花
开了一朵又一朵

风从你指缝的空隙吹向我
如同你黑发散开的热爱

在漂浮不定的夜色中
你的气息
猛刺我记忆的肌肤
但我因为爱你而忘记了痛
如同忘记了它的诞生
此时啊，我更像是一棵沉默的树木
在花落的时间里与你说再见

# 望 海

海水和你的影子滑过我身体
把你黑漆的头发
以及波澜的吻痕
留给了陌生人
这个属于南方的季节，风比我疯狂
它梦见了雨的泛滥
而我的胸腔
成为你雨水唯一的入海口

不要把我视为死去的灵魂
我是夜里
那盏狂风吹不灭的灯
回到海里，我与海鸟一身清白
我可以跪在海螺的面前
将一生的钟爱交给大海
而把声音
作为弥补给你的幸福歌唱

在大地的悬崖上
我是被空虚忘记的人
眼睛长满无以慰藉的苔藓

我们在陌生的地方相遇
又在海水未央的地方还原陌生
如果月光的一夜欢情
只会带给我们
一场空前绝后的黑暗
那么，我宁愿舍去你星光的磷火
只和寂寥的大海浑然一体

# 八月，在一个自己的城市

荡起双桨，割舍不去的歌声
慢慢消失于夜的漩涡
八月接近尾声，九月开始崭露头角
有些心情在另外的海出现
也有些记忆
在等待下一个黎明
我们明白，过去了的
将永远不会发生，它们终究是蝴蝶
与我们度过这个夜晚
然后不再留恋一朵枯萎的花
因此，我们要随着
月亮冉冉升起
任凭皱纹跟着记忆延伸
你和我
都是喜欢奢谈灵魂何处去的人
斜躺在夕阳里
我们是逐水而居的浮萍
我们放弃独立的王国
只爱自己的自由
我们运动于生命的无常之间
五官端正地活在这个世界

幽深的命运与我们无关
美好比黑夜更高和更灿烂
抓住独立的意义，我们不想与自己作对
沉默的世界里，物质不再是舵手
八月，在一个属于自己的城市
有一座美丽的花园在恭候我们
在桥的那边
让我们飞渡一个个星空吧
我们只和尘埃对话
在快乐与忧伤的角落里
我们远离雾霾，不再低头叹息
如果你需要爱，爱就会闭上双眼
疯狂地吻你
这就是我在清晨时看到的奇迹

# 一夜的月光满地雪

转眼是清高淡雅的秋
这时，我不需要你的斑斓
你安静地看着我就好
像温暖的河流
急速流过我的全身
哦，我还是像河床那样喜欢你
即使再曲折
也愿意顺应你奔流的方向

如果我还可以做一只鸟
我愿意
从遥远的地方
迁徙回到这里
在你的眉毛
筑上一个小小的巢
每天留给你一根羽毛
好让你的气息慢慢地吹暖我

当然，我必须拥有百合花的纯粹
在浮尘中保持
固有的清香和气节

不管风来自哪个方向
百花丛中，我只倾身于你
或者，我飞过，不占有你的天空
只做一只
让你肆无忌惮怀念的鸟

然后，从这个深冬开始
再让山水重复
让无穷无尽的天涯
爱上梦回千里的草原
那时，或许是一夜的月光满地雪
但我不做一枝独秀的寒梅
我只想做一枝
劫后余生的夹竹桃
只要风轻轻一吹
所有的花瓣都散落在你的梦里

# 每个人在黑夜里都形迹可疑

夜的黑究竟会呆多久
这幽暗生命中
与我相濡以沫的茉莉花
我不知道自己的张望
是否逐渐接近
那只蝶恋花的鸟
如果时间的短暂相逢
只是山坳上
刮过的一阵恋恋不舍的风
我千万次的跪拜
则在宇宙中无声无形
抓不住闪电的日子
每次的花开
花瓣都从云端坠落
黑夜里
每个人都形迹可疑
而自从攀上你的黑发
我不知道
自己何时才能回到人间

# 如果黑夜可以仰望



从眼睛流出的泪水
永远无法抵达天空中的乌云
沉默在黑夜里拓荒
蒸发一种美
如蒸发骨骼浸泡的陈年老酒
生活在黑夜的仰望中难以开花
而发育良好的年龄
不允许我如此贫瘠
因此，每一次的燃烧
都是落寞生命不得已的逃遁

# 茂盛的夜

我是夜色中漆黑的一部分
我只是我：幽暗、迷茫，并且单调
即使血液改变了颜色
也难以改变
我茂盛夜的寂寥
我不知道自己是谁
时间愁眉不展
叶子坠落
敲响了我天未亮时的心跳
四肢无法舒展
很多的日子也难以推出
如果我的果实
从枝头上离去
黎明将会带走我夜夜的惶恐

# 黑夜里想起你遥遥无期的手指

我爱过你，在穷乡僻壤的小驿站
青草的味道源于你的树木
我只用根须与你相连
在柔软之外
你把我留在最美的黄昏
在黑夜里
我想起你遥遥无期的手指
那时，你月亮般升起
然后用数个世纪的清辉
烘烤我的沉默
我的心因此而胀痛
除了黑暗，今夜你仍然是我的世界
因为你，我的热情才奔向你的海
当我走出忧郁的蓝
大地再没有荒原
你乌黑的辫子
将飞过我无所不及的天空

# 怀念夜的空旷

有人说，如果你思念一个人
一滴眼泪，就是汪洋大海
你一生都在泅渡
而时间的汹涌
只送给你一个孤岛的国籍
夜夜在星系中寻找
你所仰望的
不过是黑暗在黑暗中的延续
因为你的冷
我的心只好向着月光盛开
如果你愿意歌唱
请带上我无眠的声音

# 你打算用一生去承受两手空空

空气中，净是海水的味道
行走在沙滩上，你为自己而难过
因为你走过的那段并不如此
你仅徒具思想的外形
于是你觉得空虚
岁月如同酒色
在你沉迷的时候
才会感觉到
那是怎样的醉生梦死

当年龄被风吹走
当唯一的青春让给飞鸟
你或许只剩下
年久失修的病痛和忧心如焚
那些静止的事物
犹如昏暗午后的一本书
你永远读不懂它
但你仍装模作样去读
好像读不懂就是一种虚度

在某个早晨，或者黄昏
你会随着泪水慌张地四处逃命
但不知道自己要逃到哪里
城市已经远离了你
也远离了你内心的海水
但你的涌动
不再是不知所措的漂泊
因为在远处
还有很多人比你更颠沛流离

当有一天，你的目光高过树梢
所有的树叶
在生命的空隙中与自己无言以对
你是寂寞的
也是丰盛的
你从黑暗来到光亮的地方
海水则容纳了
这个世界的全部污泥浊水
因此你醒来，又睡着

你有时候磅礴，有时候平静
你消费新鲜的空气
消费很多没有来由的生命
你不知道海的蓝
不知道天空偶尔的心碎
你习惯这样的生活

喧哗一次，再温厚一点点
把有限的生命
当作一次愉快行走的假期

# 爱情刺客

今夜，我是无人戍守的空城
而你挺着长矛
兵临城下
除了你白马的嘶叫
周围寂静
我要么打开城门束手就擒
要么弃城而逃

# 深夜对麦子的一次朗诵

我愿意做一粒春天的麦子
做夏天的麦子，秋天的麦子和冬天的麦子
做你一年四季的麦子
埋葬青春，把悲伤的
走不完的路
留给你愿意等待的下一季
在春天，我不扬花
在夏天，我不抽穗
我只希望一个秋日
即可结束一个冬季
而你是我门外的那个风雪夜归人
我愿意做一尾游鱼的麦子
做没有自持力量的那个女孩
做汪洋中一只小小的船
被最后的风浪封住我的万种风情
我习惯在漫过膝盖的记忆中
留给你极浅极淡的笑容
留给你一次摇曳不生姿的花
留给你宇宙中一条捷径
如果结局早已被遗忘所控制
如果来世的烟波路上

被茫然、错误和绝望所包围
我不做麦子
只做凄婉夜雨中的一只鸟
你或许会遇见我，在晚年发黄的日记

# 我只做你风中的麦穗

每一粒饱满的麦子
都是我的爱情
风和雨都在里面滞留
并用幼小的阳光和花来护送
天冷时，我的花不红
我爱坐在天桥上看你
如一盏灯
你消失于天际
那时河水正泛滥，惊惶地
我顺着你河水而去
记得你用一粒小小的麦子安慰我
在毫无抵抗能力的夜晚
地球旋转时
你的心是我最遥远的征途
我来了，而你壁垒森严
仿佛在沧海里
与你的遇见，是亿万光年中
我做了一次最没有意义的沉浮
假如我此生
只是落在你手心里的麦子

我哪里都不去
我愿意在这里死亡
在你的记忆中不朽

# 你是这个世界上最幸福的人

你是这个世界上最幸福的人
因为你熟悉的
和陌生的人都爱你
或远或近，他们躲在哪里
你不知道
你发现不了这些爱的来源
它深藏着，就像是
宇宙中未曾发现的最贵重的金属
就像是海底里
因为深爱着你而诞生的长长海沟
这些深深浅浅的爱意
这些盲目地疼着你的情感
它包裹着你，溶解着你，迁就着你
并以满腔的热血
呵护你脸上的天真无邪
和近乎透明的阳光
让你站在姥姥、妈妈和许许多多
你同样深爱着的人面前
自始至终不需要向他们知恩图报

# 寂寞成茧

因为寂寞成茧，你很想见一个人
想得心里长满了
荒凉的野草
想得比戴望舒走过的
雨巷还要悠长
在心将要碎的时候
你遇见了她
原来准备好的所有词汇
因为慌乱
而散落满地
这时，你忽然发现
野草的疯长不是因为爱
而是因为你
喜欢这种失魂落魄的情感
它的存在
是如此的有血有肉
完全超越了你想象的本身
所以，这个世界有人害怕孤独
也有人喜欢孤独
喜欢孤独的
就像是春风吹不绿的你

# 我看见夜鸟抓住风在飞翔

岁月是一个出神入化的神偷
偷走你的面包
也偷走了你唯一的青春
烟囱把你的灵魂
直接插入云霄
因此你的心乌云密布
命运被闪电肢解
狐疑的夜，太阳总是无故缺席
蝙蝠归来
满脸涂满油腻的黑色脂粉
只是它们未曾料到我也能入梦
入梦于一支箭的光阴
你以锋利的芒
刺向同样黑暗的我
但你毫无怜悯，亦从不心痛
当幻想瞬间从高空坠落
我看见一只夜鸟
抓住凛冽的寒风含泪飞翔

# 我要隐退自己的容颜

如果我的生命只开一次花
那么，我愿意
绽放在你的悬崖峭壁
只做绝处逢生的风景
请不要给我封疆，不要给我金银玉器
我只要你亲近的阳光
和一亩种菜植草的土地
当然，我还需要你温暖如春的气息
吹走我的任性和高傲
也期盼着你剪下一片飘逸的云
深情地将我包裹
并在我光鲜的额头上
吻出爱的痕迹
如果我的故事只是梦里的笙歌
那么，我愿意
做一把不懂风花雪月的竖琴
我不要你拨弄
我只想在月光的宝盒里安眠
那时，你是暗礁
是电光火石
是我空虚中从没尝试的道路

那时，我也愿意
做一个被你花香麻醉的痴情女子
在湿漉漉的清晨醒来
与过去那个琥珀色的女孩告别
任河流变宽，我的眼睛
只为你蓄满春情泛滥的洪水

# 仰　望

我的舌头变成了坚硬的石头
不能灵活说话
意识因你的目光而晕眩
心脏开始慢慢膨胀
我愿意向你高傲的头颅鞠躬
形影相吊的狗
迷失于自己的迷惘
你像一个穷凶极恶的吸血鬼
啜饮我的血液
在血液快速的流动中
我逐渐空虚，形如骷髅
我眉骨陷落，全无孤傲
没有雨，也没有雪
我的白天和黑夜
已覆盖你全部黑发的歌谣
一切都是你的
我只能把整个世界拱手相送
我只能在树下仰望你
以三百六十度旋转着的身躯

# 唯有想象的记忆在生活

从海水涌动的那刻开始
你就是孤独的立面
倾斜于一座无人岛
整个十月
被记忆的手倒空
只剩下缄默
陪伴你度过
影子
被埋入洁白的沙子
风依然慵懒和纯粹，并偏离
你孤独的方向
灵魂是暗夜的伴侣
心慌和意乱挽手独步而来
你低着头
把蓝色的声音逐一遮蔽
没有怨恨神灵
也没有冷落无助的自己
远处，海市蜃楼微笑地等候想象
梦见是一种状态
遗忘在暮色中总是一望无际
今夜，你听到海的呼吸
热浪在生命的血管里来回奔跑

# 倘若你只是温柔地经过

倘若我是一滴水
那么，请你将我置于沙漠
只有在茫茫的沙漠，我才最珍贵
倘若我是一把火
那么，请你把我发散落户于黑暗
只有在漆黑一团的夜
我才是与世无争的光
倘若我不再是被你深爱的人
那么，请你把我送到人迹罕至的教堂
在上帝存在的地方
我的爱比乞丐还深

# 虚　度

一盏又一盏灯熄灭了
我回到了最原始的黑暗
怀疑蚂蚁经过的你
语言卡在夹缝中，无法声张
我已经没有任何的重量
生在冻土，长于荒芜
所以，我喜欢安静地坐着
把自己坐成一片小小的落叶
一颗你看不见的尘埃
这是多么简洁而明朗的人生啊
可我总是被急于冒进的日子
不断地鞭笞着
浑身上下早已伤痕累累

# 然后是风的烟

我说不出名字的那个人
昨夜如一粒草籽
被风吹落在这里，然后是风的烟
春天的雨水是充足的
适合万物生长
而我的心
是一扇紧锁的门
在舒展的叶子
和与生俱来的空间之间
我任由一朵
夜半醒来的紫荆，春尽江南

# 云的背影以及雨

多少年后，我仍然坐在这里
犹如平静的湖
不再有若狂的欣喜，也不再掩面而哭
我将那些容易激动的细胞
植入另外的生命
那个生命也是一个男子
我喜欢他的沉默寡言
那时我荣幸地
在大地上留个剪影
而窗外的花开了很久，香气袭人
我突然想起如云的往事
在蓝色妖姬的花瓣上
同样也有一个女子
她的眼神如香气飘忽不定
水的月光囚禁着她
我与她相互凝视，却欲言又止
我们都是被时间
筛选出来的唯一男女主角
可在渴望和灿烂之外
却坠入空空的青山
以及寂寞入眠的江河

# 我不想住在黑夜里的冷

每个冬天都有一种冷
因为没有遇到暖
每一次思念
都是一场声势浩大的雪
只有暖才能融化
所有的雨都是分别的泪
唯有重逢才能烘干
在屋檐底下
我一直在等一个名字的幼芽
穿过时间的岩层
伸向我心的苍穹

# 乔琪安娜的相片



看海，一朵又一朵的脸盛开
哗啦，哗啦的声音
让我漂流到乔琪安娜的眼底
辽阔的心
总会有柔软的雨
而那双错放的手
握着青梅的青
在微光的城市
对着乔琪安娜的脸
我喝着咖啡，发着莫名其妙的呆

# 留　言

从一只昆虫的鸣叫开始
我的心
就一直在追寻
熏烟
是一场浩劫
劫持了
踏歌而行的月光
从你眼睛摇曳而来的春雨
被大地呼吸入肺
而草木青青
不过是
大面积的饥荒返青
请让我留在沉默的化石里吧
因为岁月的不朽
你的语言才倾巢出动
并且对我的世界一见倾心

# 写给似是而非的自己



当你下决心把自己遗弃在荒野
世界因此而繁华
你权且把自己当做一阵风好了
至于归宿和漂流
无非是一场自我宣传的欺骗
南方的气候永远是不确定的
阳光灿烂时突然来雨
撒在你的眼你的心你的床也很正常
当你与孤独相映成趣的时候
书或许是最好的解药
那时墨迹未干，正值飘香的季节
但灵魂的战车
载不动你的肉体
因此思想在行为中间
落下斑驳迷离的阴影
欲望发生痉挛，哭泣早已失声
月光在雪地里谈笑风生
却不知道你是多么的冷
天空是无限的，但它永远空旷
正如远去的青春飞絮
总留给自己漫山遍野的寂寥

# 以有限的形式存在

世界早已陌生
但你记住了春夏秋冬
爱之信仰
是飘忽不定的幽灵
我翻山越岭
来到这里
是因为我一直喜欢你纯净的脸
你也一直炉火纯青地
烘烤着我
很多人走着走着就散了
唯独你
梳理着秀发
随着深秋的气候
把自己的心当作岩石
你不搬走
我也不搬走
从此，我对谁也不解释
包括你的笨拙与荒唐

# 当眼睛拉上了帘幕

当眼睛拉上了帘幕
你看不见我，我也看不见你
我们都是盲人
在老死不相往来的空间
揣摩对方的存在
风是吹不倒的
你这钉子般的影子
有多少个黑夜埋没我的温暖
就有多少霜雪释放我的冷
幻想在灌木丛中神出鬼没
灵魂拎着酒壶踉跄而归
其实你不爱也罢
为何还在我的心
雕刻那么多精美的花纹

# 河流的两岸

这是一束阳光
和一双枯藤的手的爱情
你的眼睛穿过的我肋骨
孤独的地方
开始繁荣
你说爱我
声音涌动着泉水之清
你这个披头散发的幽灵
从北方来，然后又回到沙漠
从此山岭幽暗
河流覆盖着坚冰
当时间陷入
冥思苦想的沉默
我们伫立在河流的两边
独看生命的山长水远

# 无名肿毒

你天真无邪的影子
死于昨夜一次灵魂的猛烈撞击
毛毛的雨
伤心欲绝
它先是飘着，像是断了线的珠子
继而滚入夜的毛孔
我只能用眼泪
替代情书去悼念一种死
这无名肿毒的爱情
在腐烂时
仍然散发出温柔而醉人的气息
所有的泥土变得松软
泣不成声的雨
就这样下着
灯光下
更像是一根根炫目的银针
扎得我的心
比这黑幽幽的大地更生痛

# 最好的纪念是遗忘

那些越过我肩膀的目光
独自醒来向我告别
青春的衣裳
因为爱而成为最鲜艳的旗帜
我看见你
而你的眼睛从没浮现
在河边浣纱，你的影子
与我在水中相逢
当你的嗓音披上袈裟
势如破竹地穿透我的胸膛
我便是一个稻草人
在狂风暴雨中
接受你一支箭的伤

# 最后的抒情



爱情
是一条鱼尾随另外一条鱼
开始追逐一生的游戏
爱情
是一朵花挨着另外一朵花
结相同的果
然后默然地看着对方坠落而坠落
爱情
是一条街道与另外一条街道连接
绿灯亮起红灯
爱情
是一种毫无悲伤的死亡抒情
宛如不能归来的飞鸟
一旦闭上眼睛
从此不再被你的心唤醒

# 习惯虚无

此刻我已经闭上了眼睛
语言离我越来越远
像一粒种子
埋在隔夜的土壤里，不想再开花
一盏灯照亮
一只熟透的红苹果
影子吃醋
而时间废墟上的一只鸟
安静地看着月亮
我蹑手蹑脚地靠近你的巢
那是多么令人向往的废墟啊
门扉刚被蚂蚁推开
我们却要在门槛外别离
我们越来越像一对盲人
习惯这样的虚无
虽然近在咫尺
却永远看不见彼此

# 月亮从来不肯照亮我的眼睛

黑夜就像是一条黑色的河流
它不会消失于我的眼睛
从一口井流到另外一口井
不知道用了多少个四季
黑夜也有哀愁
如你披肩的长发迎风散开
你好像来过我这里
没有留下片言只语，只留下迷蒙
仿佛你与我的尘世无关
当血液从新鲜的伤口潺潺流出
而你的名字
如一粒小小的浮尘
降落于我千疮百孔的肺
我呼吸在一排海浪遗弃的沙滩
风越来越美丽
它站在礁石上跳舞
香艳的欲望如一枝塑料花
红杏出墙般
突然来到我的眼前
我没有什么好说的
只会跟着你的呼吸奔走到天亮

# 记忆中的一朵花

我的记忆开了一朵花
它馥郁的香味
常常让我陷入短暂的昏迷
从这个秋天开始
我就想变成一只鸟，飞到你的窗前
那时，你正好在梳妆
你发现了我，顺手把我抓住
放入你的镜子
喂养我以你菡萏的青春
如同一匹马
我拥有了在你灵魂
任意想象和驰骋的自由
没有任何的羁绊，你依然是独立的
可以在风动的梨花
和青山秀水中
朗诵、欢笑，你踏梦无声

# 透过离别的窗口



透过你千疮百孔的青春
我一直在做梦
反复做同样一个梦
因为梦，我脱离了自己的身体
并且被一股强大的气流牵引至高空
我俯瞰大地
世界慢慢在我的眼睛缩成一团
那些重若千斤的事物
渺小得如同我曾经遗弃的细胞
我真想为它们
变得如此无足轻重而哭泣
但我的眼泪
早已化为岁月的灰尘
在触摸不到顶的空间
一切都没有限制
仿佛肉体已经是多余
失重的灵魂亦活在九霄云外
所有的虔诚
都预兆我的前程似锦
唯独我骨骼断裂的声音却无人倾听

# 对着向南的窗口吹风

我们坐在上帝的边缘
城市盛开着迷茫的笑脸，季节
在淡青的、墨绿的和褐色的年龄来回穿梭
我们集体贩卖空洞与寂寞
南方的城市
是一个巨大无比的洞穴
藏着蝙蝠的翅膀和逃离的眼睛
渡口朝天空敞开
青春抖动乳房，对着火焰羞涩呼唤
陶罐的泪水沾满灰尘
被一双双带着镣铐的手摇响
尽管我们举手委屈示意
心却无人问津
我们只好对着向南的窗口吹风
用沉默去宣读身首异处的沉默

## 妥　协

一遍又一遍
把你名字打磨，抛光
直至你的名字
晶莹剔透，在黑夜里闪闪发亮
但我不问你也不回头看你
只对溶溶的月色细细地铺陈你
在森林的往事中
我掩埋只长青草的种子
屏住呼吸去想你
但不投石问路
在这条迂回曲折的路上
我只躲藏我自己

# 怀念的丘陵

如此繁荣又如此寂寞
每个句子从春天走到秋天
心瓣开了，那是如烟青春的皱纹
给你寄去一颗忠心
却永远石沉大海
我多想从你的一面镜子走过
但执着的手掌
始终握不住
你不舍昼夜的眼神
这个早晨，我还是
陷入一个名字设计的陷阱
闭上眼睛
怀念瞬间隆起高高的丘陵

# 我的幻想长出孔雀的翅膀

今夜，我是无名的雪
降落在你的城市和熟睡的脸
想想你，化雪该有多美
而你的融化
奔流在我心的河谷
想想你，无眠的时间
在森林的树叶间熊熊燃烧
你知道，十二月的太阳
要突破多少的冷
它的暖才通过我的血管重返人间
幻想使我长出了孔雀的翅膀
没有什么力量能阻挡
我要飞入你的眼睛飞入你的心

# 我来到这个世界是因为你

这一刻上帝已经走远
无限的海水把我遗留在人间
如果今夜光是为了让我再次复活
那么，我愿意
在无眠中为你准备一颗祭祀的心
当天空的月亮
以百合花洁白的清辉俘获我
那微不足道的语言
便迷失于你森林的江河
在四季最卑微的地方
我因深爱着你而手无寸铁
即使所有的日子滑落在绝望的最深处
我依然会守护一面镜子
把一颗赤诚的心照耀到天亮

# 今夜无雪

你比那片可见的叶子还遥远
我被风吹落
落在纷纷扬扬的梦
落在我凌乱无章的记忆
而在时间的掌心中
你，始终是一缕
我双手握不住的轻烟

那么多的光阴
因为你的冰冷
落在我的头发，堆积成雪
那么多的空气与我无关
那么多的寂静
在黑夜中无声地深锁着我

啊，今夜无雪
我是这条曲折路上的唯一迷者
没有人拥抱我
我只好用自己的心拥抱我自己
当化雪消耗我全部的热
我静坐在时光里，任青春灰飞烟灭

# 我是你黑发中的异乡游子

我看见你的头发是在月光
那么的轻飘，如羽毛
纠缠于我记忆中的花瓣往事
你路途遥远的发
沐过我流水浅浅的语言
寻找它，我就像一个流浪汉
去寻找迂回曲折的暖
从纷乱的黑发中筛选出你每一根发
几乎耗尽了我全部心血
冬天的风冷而傲慢
我看见你黑眼睛在夜里闪烁
那是我一生中
看见的最温暖的火焰
我多么想做一只飞蛾啊
然而，我是你
黑发舞动着的异乡游子
因此，世上的每一条河流
都发源于我内心深处对你的思念

# 被纪念和流淌着的青春

七月，我们开始变成一朵流云
蓝天像是从睫毛里徐徐拉开的帷幕
沾满泪水的毕业歌
在这蓝色的布幕上滑过
而闪电的青春啊
终究要从天空回归这静默的大地
于是，我们变成一条奔腾湍急的河流
一定有更猛烈的山风
动用迷惘的泪水催促着我们
当身躯相互取暖于荒无人烟的戈壁
黎明定会用它关切的眼睛
把我们灵魂的五脏六腑忘情地照耀
或许年华无声我们的梦已老
或许夏日的斑驳
是青春绿叶摇晃出的最后光斑
但我们的生命已铺陈出另外一种光华
在破茧成蝶的瞬间
这个七月，大海、草原和青春
将被我们深深纪念并在血液里静静地流淌

# 你是夏天里的一束光

梦里下了一场浩浩荡荡的雨
你的花裙子也淋湿了
有种跳跃的爱
在若即若离中静听窗外的风声
你是夏天里的一束光
热浪般的词
不遗余力地抒写长发乌黑的柔软
这水草肥美的七月啊
那么多的旅人经过
但只有你才是我最思念的人
告别的烟花
从五月绽放至七月
而那朵令我执迷不悟的花蕾
却始终紧闭着清澈见底的黑眼睛
当和风再次撞入我的胸怀
你是愈加清冷的月
七月，那条怀着无限愁绪的河流
跟着我的眼泪流淌，去了远方

# 七月流火

七月，骄阳和热带风暴在这里相遇
我们被自己的信念所安排
带着爱情，在南方
安身立命于这座叫做广州的城市
从今天开始，明天和后天
我们把灵魂和青春
种植在水泥和钢筋拔地而起的森林
让谦卑滋生谦卑，让虔诚养活虔诚
我们用心脏装下这座城市
然后呵护各种各样蚂蚁似的人群
因为爱上它，就一直死心塌地去爱
我们打算用血液和泪水浇灌这座城市
我们打算用肌肉和筋骨
去装饰这座城市
当黄昏来临，即使什么也没有
我们还有一条
从血管里潺潺流出的珠江
也许有一天，我们的天空一片灰朦
生活无望，我们想去的地方
还是月光乘风而去的远方
但我们步履依然坚定

不再寻找，也不选择逃逸
我们将青春埋葬在这里，与死去的英雄为邻
七月，这座城市流动着无数的红血细胞
我们想起澎湃的呼吸
旋风般地刮过这座城市的光阴故事
七月啊，我们来不及与你告别
纵横交错的街道已经纹满了我们全身

# 思念一个人

有人说，如果你思念一个人
一滴眼泪，就是汪洋大海
你一生都在泅渡
而时间波涛的汹涌
只送给你一个孤岛的国籍

夜夜在星系中寻找
你所仰望的
不过是黑暗在黑暗中的继续茫然
如果你愿意歌唱
请带上我无眠的声音

# 悬 念

我在自己的世界里沉默寡言
并不意味着
我的内心寂静无声
我只想找一个灵魂相依的人
走在深巷
走在月光涉水深吻的皱纹
把光影流声
盛在陶罐里
你喝不喝，我都会醉
我就是要找
一个与我唇齿相依的人
在落日后的雨云
作客于一壶热情洋溢的水
沉溺至死
那时，你会不会捞起我
把泪痕熏染成桃花的颜色
这些已经不是我想要的意境
我想要的是
你掌心里的细小事物
能跟我的眼睛一起苏醒和飞翔

# 孤独的面孔已长满苔藓

孤独是一个孔
透过它
你看见了自己的五脏六腑
街道一直延伸至眼角
想起宇宙的银河
长满苔藓的面孔蒙蔽了整座城市
星星闭上眼睛
记忆如月光般流淌
但愿无人知道你的秘密
那只因为疼痛而弯曲的手指
是你最好的兄弟
所谓的心境
其实是自己与向阳的影像重叠
爱与不爱，你都将成为一道
无法再次相遇的风景

# 自由鸟

黎明的光线你没有看见
月光的羽翼你同样没有看见
可能，你只看见一只鸟
轻松地穿过一棵树的眼底
回到它高高的巢

我的心，有它飞过的弧线
云也高高在上

你一直想捕捉我
捕捉那只跟我有同样性格的鸟
可我和它只在黑夜里飞翔
因此，你始终没有看见我
只梦见我的自由，在低低地盘旋

# 如果雪来了，我不知道去哪取暖

今天，我的桌面铺满了阳光
那是昨夜的寂寞
趁着这份薄薄的暖在睡眠
除了我所爱的暖
我没有什么可以与你兑换了
有时候，我多么渴望是你的影子
跟着你亦步亦趋
不管是白天还是黑夜
如果雪来了，我不知道去哪取暖
我只能把自己折叠起来避寒
但我不会四处走动
我会带着诚挚的心默默地潜伏着
不会在你高傲的雪
留下任何的蛛丝马迹

# 海上花

我把风交给大海
把日子交给河流
把对你的思念
交给热烈而没有完成的梦
之后，追寻你的影子绵延千里
跟着浪来到这里
风一直在吹
心在这里等候，苍茫而孤寂
我陷入了海的空虚
而你在我血液的空隙中缓缓穿行
让我每一根肋骨隐隐作痛
你把又长又黑的发交给我
我抱着它如同抱着救命的稻草
为了那个跋山涉水的诺言
我一直站在这里
被时间的浪花剪辑和侵蚀
而我呼唤你的声音，像大海喧哗不止

# 我从遥远的地方来看你

我从遥远的地方来看你
你是草丛中那只小小蟋蟀吧
可是为什么不鸣叫
就因为这是个不长一叶的冬季
就因为我遥远了，你会觉得冷
从千万的浮尘中
我轻轻地降落，以清泉喷涌的方式
从遥远的地方，我来这里看你
可是，你微微抬头
如暗夜时分的雪
只给我一声风凉水冷的咳嗽

# 思

雨，露宿在我的心头
怀抱一粒炭火
在夜里游荡
直至炭火灼伤我的胸膛
我才感觉到暖

# 我无声穿越了暗夜时分

我是这个世界最沉默的人
因为沉默，我才收敛我的傲慢与张狂
因为沉默，我才可以蓄势待发
在暗夜时分，我虚构了自己
想象草原上我是一棵孤独的树
在风中摇摆不定
你或许看见了
我黑眼睛跳动的火焰
它的忘情正如我的一往深情
在漆黑中
我深陷于衣衫褴褛的思想
从不燃放耀眼的光芒
冷风总是生硬地吹着我
但风无法抓住我，它只衬托我的飞翔
我是风之箭，锐不可挡
但在坠落的一刻，我还是忍不住悲伤

# 惊弓之鸟

你昨夜乘空而入
风雨交加的气息，留给我淡淡的柠檬味
烟雨迷蒙的江南，一草一木
如此的风流倜傥
其实，你早已对我无孔不入
吸走了精神的全部
我因此陷入似醉非醉的冬眠
比烟草的缭绕更熟悉
比铺天盖地的雪更深沉
当你的影子
在夜里毫无征兆地出现
我即成为一只惊弓之鸟

# 万籁俱寂

众多轻松的呼吸如春花绽开
这座城市，每一扇窗都是清澈的眼
一幕幕故事
发生在嘴唇和陡峭的乳峰
也有一串串语言
在荒凉的街道上不谙世事地萌芽
而胡同的黑暗
被月亮和星星逼迫到墙角
我是孤单的，只有你的眼透着微光
奋不顾身地将我呵护
而忘却你自己也身处黑暗
依靠暖暖的影
我于无形中静默，也于无声中消融
那个被时光俘虏的人
多想用火焰的声音朗诵你
可他唯有不动声色地逃遁

# 我无法抓住自己狂奔的影子

我无法抓住自己狂奔的影子
就像我无法一手逮住远走高飞的灵魂
心跟着风去流浪
无数的人
川流不息地流过我的眼睛
可他们从不跟我说话
还有很多的高山和河流都是我所不熟知的
而我与你
却囿于将一切化为乌有的夜
夜，漆黑得油光发亮
植物在弱小的星光下手舞足蹈
我也是一个需要你爱的孩子
可是你脱下微笑的面具
用嗜血的指甲，划伤了我的心

# 青春的河流



光在皱纹中扩张，雨成为狂热衰退的信号
青春的河流，从另外稚嫩的眼睛诞生
而躲藏在镜子里的脸
不再是月光下最美的花瓣
啊，草木返青，屋顶上的男孩
抱着一只猫，在俯视远处的浮世红尘
浑浊的河水一泻千里，向日葵
立足于河岸，和蔼地露出纯真的笑容
正在发酵的青春不断膨胀欲望
一口水井独守沉思的天空
啊，云彩是寂寞的
在变幻莫测的季节里，生的火焰
被一场游戏的雨水熄灭
只留给我一座孤独无援的废墟
我把心翻译成一本线装书
放在墓地里，只让淳朴的野花去阅读
城市没有炊烟，大地发出贫瘠的呻吟
窗外的一棵老树，光秃秃的
褐色的皮肤满怀着对春天的思念

# 写给儿子

我的膝盖长满了花朵
伸手可摘
儿子，我把最美的一朵献给你
留下最丑的一朵与自己匹配
芬芳扑鼻的那朵
自然要留给你四季如春的姐姐
花朵美不美
都是我心血灌溉
它们来自于你陌生的故土
赋予你独立、自由和不亢不卑
赋予你真诚坦率的呼吸
赋予你月光如水
你将来同样也要翻山涉水
是不是生活在我生活过的地方
我不知道，也不需要知道
但你要懂得歌唱
不要因为遗憾而哭泣
你要长成一枝羞涩谦虚的稻穗
即使阳光下不那么饱满
或者颗粒无收
也不必难过

因为前方的青山和绿水
仍然是属于你的
你有最美好的时光
你有思考的脑袋和懂得过滤的心
你还有一双懂得精耕细作的手
今夜，看看你苹果似的小脸
想一想你很快就要长大成人
我的心就覆盖着你羽毛的温暖

# 在凤凰古城写给你的句子

## (一)

五月的水是沉睡的美人
我在你的怀里
成为别人眼里的风景
我不知道热爱也是生活
你说，如不热爱
则没有节外生枝的梦境
当黑夜在野猫的叫春声中醒来
晃眼的阳光
落在床上，毫无睡意
无眠的青衫
醉酒般地在窗外摇晃
在这座小城，我因为爱你
而忘记了甲乙丙丁

## (二)

此生，我只想质押给你
作为抵偿前世欠下你的债

此生，我想做一只哈巴狗
在你的风情之外
尽显我的忠诚
此生，我宁愿无所事事
为着守住你最美的一寸光阴
在你对镜梳妆的窗台上
我要做一枝倚望的春花
只为你绽放一次，便凋零

## （三）

红豆生南国
发芽也发痴
今夜，美人，我只想你
如婴儿嗷嗷待哺
无数次在梦中看到你的眼睛
醒来后我仍醉生梦死
爱上你，我明知这是一条穷途末路
但如果我不爱上你
在这个世界里
我同样茕茕孑立，形影相吊

## （四）

曾经路过你遮天蔽日的长发
曾经路过你裙子摇曳的季节

在这个小城，我把陌生的你
当做撑着油纸伞的故人
自从那天爱上了你
我就从此之后爱着你
从此，我只做一片桑叶
而你是丰腴的蚕

## (五)

自从爱上你
我就作茧自缚
自从爱上你
我就习惯在原地等你
一直等到时光静止
一直等到我成为你最喜欢的植物
我会为你开花
哪怕一生都毫无结果
我都愿意
我的生命如此，我的命运也注定如此
虽然粗糙，但爱你，从此就不再改变

## (六)

在你还没出生的时候
我就做出这样的打算
我要把我的肉体和灵魂

只献给你
即使你不要
我也要在爱的等待中做时间的祭品
从前我爱过你
现在我还是爱你
我要在你眼睛清澈的时候
告诉你，我要把今生对你的爱
带到别人不肯相信的来世

## （七）

爱你，我可以忍住浑身的伤痛
但我无法忍住爱你满腔热血的奔流
今夜，我露宿沱江人家客栈
沱江情不自禁
满江都漂浮着
我对你的诗情画意
你二十岁的眼神
此时，也在月光下抒情

## （八）

假如你是门外那个掩面而过的人
你的心无懈可击
但我依然爱你——
从容不迫

一丝不苟
并盼望着因思念你
而拥有那种接踵而来的疼痛

## (九)

我怀着黄昏般的寂静
坐在青石板上
幻想抚摸你古城一样的面孔
我渴望自己
是你亲手种下的一棵木棉树
因为爱你
每年都增添一圈美丽的年轮
今夜，你仅仅用一个狐狸的姿势
就让我灵魂出窍，肉体生烟

# 秋　夜

我已经习惯忧郁和悲伤
习惯骨髓里
每一个细胞的死亡
习惯一束阳光在我的心头坐暖
然后不辞而别
也习惯你
插入一根长长的吸管
把我的疼痛
把我的心血
把我的灵魂
吸尽，让我变成一无所有
就像今夜，在你的面前
我已经成为年幼无知的空壳
里面盛满了寂寞
盛满了缄默无言的砂砾
盛满你白天没有吸走的黑暗

# 窗外的树

## (一)

夏天的风为我打开了窗口
窗外的国度
站立着一棵沉默的树
它生命的绿叶
片片翻过时间的高山
全部落入我的怀抱
这是一棵没有祖居的树
我曾经在秋日的课桌上写过它
关于它出生年月
关于它生命的曲终人散
我一直都在怀疑
它是否可以向前迈出一步
因为脚下的土地
就是一副带着它泪锈的镣铐
锁住了它的理想
也锁着它一生的自由

（二）

因为它，我突然成为了无知的孩子
我伏在它的肩上哭泣
每一颗硕大的泪水
在黑暗中闪闪发亮
却找不到自己单薄的身影
空气裹不住它的名字
阴霾罩不住它婆娑的衣袖
因此，它的花朵
充满了人生灿烂的绽放
如果太阳也有刺眼的谎言
那么，宇宙的盆地则疯长着野草

（三）

我也是一棵树
在画家的笔下虚构不真实的自己
所有的眼光
如一把锋利的斧头砍向我
我听风中的贝多芬止痛
南方的山峦
坚定了我的信仰
光阴留下我曲折的木纹
证明生命来源于顽强的抗争

啊，一棵表面纹丝不动的树
它的心一直向天穹奔跑

# 我空等了你昙花盛放的眼帘

我在热爱你的地方热爱你
小径曲折，太阳惘然消失
留下深沉的夜色
慢慢升起
惟有树木与你默然相对
爱情老了，月亮也形容枯槁

是谁用生死不渝的影子
像一棵荆棘树
掩藏我的悲伤
然后唤醒委身入怀的月光
让眼泪瀑布般飞溅
是谁拂去惑众的晦涩烟尘
沿着香消玉殒的白昼，拾级而上
把梳理发髻的时间留给我
让新生的哭泣
负载从未停息的孤独

今夜，我是你门外的异乡人
沉下去的星光

倾身跪拜大火后的焦土
我抚摸思念的饥渴
空等了你昙花盛开的眼帘

# 流　逝

## A

憧憬，大海的波涛
不断拍打我们命运的胸膛
潮水的魔力，无法拯救绝尘而去的想象
倒卧在沙滩上的海螺
被风吹响
但始终唤不回早已消失的河流
因此，在太阳升起的地方
我们热爱的城门紧闭

## B

在憧憬的瞳仁里
我们看到了什么
我们看到痛苦和快乐
时聚时散
在人迹罕至的地方
我们又看到了什么
我们看到了时光未老

而人已经历了生命的春夏秋冬
今夜，明月瘦成了无所畏惧的犀牛角
我们嘹亮的声音
则陷入海水寂静的荒芜

## C

恍惚的灯光
无限地延长了我们跌倒在地上的影子
路途崎岖，月光比橘子花洁白
我们在白天与你无缘相遇
但愿傍晚的祈祷能使我们在梦里重逢
我们是多么的爱你啊
吻了又吻
吻遍了你的山水
吻遍了你的沟壑，吻遍了你森林的长发
但我们依然吻不到你自由的心灵
我们痴心爱上的事物
无一不在暗示着苍生的乐极生悲

# 海的眼睛

落在海里，顺势南漂
孤独是难免的
虽然海是一面镜子
但我们永远看不到它幽深的背后
所以在相互关注的眼睛中
我们发现彼此的存在
独自成为别人的风景
于是，肆无忌惮地
我把海看作
你一滴硕大无比的泪

# 他和她的空旷

## ——致我的大学同学

30 年，10950 个日夜
仿佛是一场雷阵雨
随着珠江、长江和黄河的水
流入了大海，最后销声匿迹
而我们还伫立在这里
凝望那些渐行渐远的青春
再见你的面孔
就像是再见昨夜的星辰
恍如隔世
这个秋季，我们开过的花朵
不再孤单。你在床上铺开过的话语
酒后，开始复苏发芽
可是这过程，已很久很久
因为，我们不想长大
长大了，会遭遇生老病死
往昔开始在你的舌头上解冻
你的皱纹比木纹还明显
头发依然淳朴和平静
仍然是我 30 年前见过雪后的最美风景
时光开始苍老

青苔上的脚印盛满了
我们曾经挥手告别的泪水
南湖边，小山包不再有野菊花的烂漫
我曾经爱过你的乳房，提心吊胆
如今，它瘪得像核桃
但我还一如既往地爱着，保持初见时的羞涩
梦中人，我不在意你的老
老了，我们才在爱的路上殊途同归
今夜，你伏在那张课桌上哭了，伤心欲绝
这么好的月亮，但灌浆的爱情
不再惊涛拍岸
我多想煮沸这千载难逢的湖水
然而我更愿意让怀念飞翔
黑暗中，我小心翼翼
生怕再次触动你自尊神经的疼痛
那些年，那些月，那些不可能复制的场景
30 年来，让我独坐无语
因为爱你而制造出来的廉价词汇逐渐衰老孤僻
这些灯光啊，等过了空气的稀薄
等过了阳光饱满的抒情
等过你的脸，如秋日的莲蓬
紧贴我生命的芦苇，一衣带水地爱过

# 落花流水

当灯光消失在鱼尾纹
四周开始漆黑，励精图治的心
开始安静
开始一段漫无目的的旅行
道路冥想在天际
喝酒，搓麻将，陪时光
打发一节又一节的靡靡之音
房屋硕大无比，天空啊，天天空旷
随风降下来的风帆
不声不响地靠岸
我的黑夜如水
你的黑夜亦如水

没有什么值得去聆听
我想起一棵千年的古树
但紫罗兰已经枯萎，馨香依然馥郁
水在轻轻晃动
我是月亮的水上光
水流向哪里
我就住在哪里
黑夜如水

水没有流到你那里
我早已经住在你那里

黑色，黑色的夜
我已成为一只惊慌失措的鸟
水是可以触摸的
它的流动
填平世上所有的坎坷
我漂浮在碧波之上
啊，你看见了我吗
黑夜里，我如空壳
如时间无从回味的落花流水

# 献给你无边的声音

## A

我来到这个世上，就是为了守护你
直至黑色的头发，绽放美丽的茉莉花
直至爱情的死亡，消失于我的肉体
直至时间的末梢
还残留着凛冽的伤痛
而你在坟前
微笑，对我说声再见

## B

我只想做一棵树
一棵孤独的树
风中唯一的一片叶子
让渺小的麻雀
孵化阳光
让月光
回归你青春的巢穴
让贯穿每个细胞的思想

从空虚的皮囊
脱颖而出
而你，树顶上一朵最高傲的花
忘情，低头吻别我的泪珠

C

站在月光的中央，我看见你沉鱼落雁的美
你是我用万能钥匙也打不开的世界
我相信，有梦就有爱的盘旋
今夜，我注定会与你的名字在漆黑中相遇
电闪雷鸣，每个眼神如烟花怒放
我要献给你一片月光黄的暖意
我要献给你丰收后无边的声音
即使你风一般地光临
又以光的速度消失
但我毫不怀疑，你路过我的足迹
比雪后的月光更旷日持久

# 追 风

像风一样
我追赶着你，这个城市被远远抛离
在没有风光的地方
我看见了风光无限
青春
是一瓶燃烧不尽的酒精
你燃烧了
我也燃烧
燃烧在一条荒僻的路上
蝴蝶羽翼的裙子
让炽热的想象突然风起云涌
我爱高山
更爱你眼睛十面埋伏的波涛
在万顷的海水
我爱你头发飘起的风帆
有阳光的日子真好
自行车可以坐两个人
向阳的胸脯，我闻到了菠萝蜜的味道
多美哟，你侧着身子
从我的心闪身而入
也许，我不会成为你的木偶

但可以成为你身后城墙
在无人攀登的深夜
我请你的眼睛伴我醉读灯花
读我比牡丹更美的誓言
天空可以作证
这个世界只剩下我
因为爱你而无依无靠
在时间的深处
我坐在花城广场的台阶上
等你打开城门，拥我入怀

# 我的心只储存你

就这样，我紧紧地握住你
即使时光沧桑，也要对你不弃不离
我在听得见你心跳的地方等你
等一次深爱的雷鸣闪电
等我的双手
因为爱的全部付出
从此瘦骨如柴
等宇宙中无限的光
从你的眼睛里
向我致以最热烈的辐射
再过十万光年
我把笑过的和哭泣过的
都一一还给你
我不储存光阴，只储存你

# 时间的旅人

青春是一场雨
渗透了我所有的记忆
在这个清晨
我不再去想那些昔日的黄花
因为有更清澈的露珠
落入我的眼睛
我要用更深邃的眼眶收集它
像收集爱情饥荒时的泪水
我记得一个梨花带雨的早晨
我问过你孤单的手指
吻过你蔚蓝的心
明亮又轻缓，柔和地回旋
那个不图回报的吻
干净、清新和美好
闭上眼睛
我想我今天吻过你了
就像炽热的太阳
吻过雨后伤感迷乱的大地

# 更远的地方将更远

我坐在这里怀念
抚摸指纹
有一条路与广阔的天空连接
与魂不守舍的幻想难舍难分
咖啡，使我处于
穷乡僻壤的心更加孤独
看了很多书
熟悉的人都说我陈述的
都是书生之见
唉，我老了
青春早已叶落归根
原来的山光水色，不再诗情画意
更远的地方却更远
月光对我冷笑
并以此威胁我的身心
云雾茫茫，山高水长
因为事物瞬息万变
让我坠入时间的万丈深渊
青春的故事如数家珍
青草的黑发，亲近过火焰的嘴唇
今夜，我坐在书房

翻阅日记里残缺不全的理想
幽深的小径
把我再次引入草丛
南湖拱桥上的爱情熙来攘往
我的记忆顺流而下
不知道鹦鹉洲
是否还会载着我的河流

# 痴心若海

空虚：
剩下的季节，再遭遇一次寒潮

海，翻腾过；海，呼啸过
浪花把你漂向彼岸，把我漂离你更远

海风吹起你告别的头发
遮天蔽日

一壶海水里
曾经挣扎着怎样的灵魂啊

当爱溶解于碧波万顷的痛苦
我站在这里，痴心若海

# 我是一枝柔弱草

其实，我没有更多的勇气乞求你
如果你的瓦罐
只是盛载婉转莫名的歌唱
而不是我不羁的身影
当冬天的树叶纷纷飘零
我是一枝柔弱草，被你的爱移植
自从脱离你的土壤
我的双臂就软弱无力，沿着
你雪后的躯干
我的思念艰辛地往上攀援
哦，你太阳的风暴，比呼吸猛烈
彷徨的雨水和颤动的空气
交织着你六月的香气
我仍是那片痴心的叶子
只在你的风轻盈
我要归来，并信任你手指的方向
把此生铺满走向你的路
也许你走过的路
我永远说不出它的名字
但我会惦念着你
就像惦念着

阡陌上的那朵向日葵
如果这是梦
我愿意做你唇上的花瓣
因你的湿润而重返青春
如果这不是梦
我愿意是你眼前的倒影
因你的沉静而从此波澜不惊

# 故　乡

我们不相信眼睛，但记住
祖屋的脊柱和圣灵
儿时的故事随时间早已远去
我们在门前停下来
如一棵棵树的站立
风，微笑在每扇窗棂之间
穿过草坪，陌生的地方长着无声的花
但朵朵繁衍出亲切的笑容

故乡往上成长，与我们亲密无间
我们在粘稠的记忆中跋涉
树根，不知不觉间
代替了山谷和大海
呼唤的声音在心中不断地回响
故乡啊，伸出一双颤抖的手
温暖地抚慰一阵急雨
我们因为雨水的沉湎而激动
并从故乡的门口
返回它斑驳迷离的历史

穿着一双思念的鞋子

我们在外不断行走
故乡就像是
我们怀里揣着的一只指南针
不管我们走到哪里
心依然迷信它所在的方向
如今记忆中的月亮早已翻墙而去
而故乡总是距离我们最近
成为与我们永远形影不离的亲人

# 陪　月

月亮从不沉醉于我的酒盏
我的影子因此瘦若秋水
很多时候
光，只用于语言的照明
而我沉迷于美目盼兮的意境

我知道你的光
无疑比我的爱情更暖

我们的爱被朗月清风所见证
夏季的雨和冬季的冰
拐过记忆来到这里
而你眼睛的湖光山色
却永远在天涯

如果生命还需要一次等待的沧桑
你执意不来，我也决意不走

# 燃烧的月亮

我是芸芸众生里的唯一月亮
羽毛的月光属于你
握在手里
或许不只是这淡淡的光
亲爱的，让炽热的泪水退回眼眶吧
我只想你如月冉冉升起
与我脉脉相对
今夜，你是不是抓住了我
就像抓住
梦中教堂的钟声
繁星下，我的灵魂凌空展翅
穿过你森林的秘密
我回到了从前，但我已经不是从前

# 如果你也在这里

我喜欢
世间安之若素的女子
如果你也在这里
我要用嘴唇
在展开热爱的白纸上
留下一朵
身心俱焚的玫瑰
我要与你
签下一纸的契约
把窗外的满目青山赠予你
而将易守难攻的爱
全部堆积在
与你为邻的美丽时光

# 圣　徒

从此，你的眼睛
成为人海里我最思念的岛屿
我常常站在你遥远的岸
把你凝望
我甚至把自己想象成风
吹向你，呼喊你
然后把你的名字种植在我的眉心
我想象你的名字
在白天和黑夜里迅速成长
贯穿我的胸膛，高过我的头颅
在那些来去匆匆
而又川流不息的日子里
我的深情无限地扑向你
我愿意承受你穿透我五脏六腑的疼痛
愿意跪在太阳前被思念的热烈所灼伤
愿意在这些树和那些花儿中间
让双脚代替树根抓住你不放
我还要祈祷太阳、大海和森林
与我的爱同床共寝
皈依为一心只向着你朝拜的圣徒

# 有种情感难以收割

秋风是落寞的
有种情感难以收割，我遵从内心的旨意
把真心赠送给
浸透了我情绪的山河
鸟类的羽毛温暖
我被默默无闻的的溪水拥爱
村庄的屋脊
长满了柔情放纵的青草
而那枝无人照看的仙人掌
在我思念的沙漠中
仍然不可遏止地疯长
亲爱的朋友，那是我对故乡
唯一长生不死的爱情

# 孤独的方程式

有一个沉在我心底的人
留下身影在我遥不可及的海面
他占据我
就像今夜的月亮占据天空
但他冷冷的光
却给予我黑夜无法给予的温暖

我很想藏匿在他内心深处
在他遗忘的青草中露出真诚的面孔
我醒着，在赤裸而年轻的夜
迷失于一个无法定义的方向
做着百合花的梦
这个春天，大地生机勃勃
我这里肃杀，荒凉，没有他的身影
也没有他吹开花瓣的呼吸

他的声音日夜在我的梦里流淌
他的影子铺天盖地而来
我看见雨水而理解沙漠的渴望
今夜，我无法在无垠的孤独中熟睡

我的心是收集寂寥的城市
满城伤感的月光
淹没了被忧郁簇拥着的眼睛

# 突然降临的季节

这时离夏天很远了，而我仍停留在夏天
那个夏天，比火还要热烈
我们一触就燃，如野草奋不顾身
而过后，冷却如炭
秋，一步一步接近黄昏的颜色
距离冬天更近

我感到寂寞也老了
孤独比黑夜的来临更令人伤痛

多少月色的白发
丛丛落入夜里，却没有变黑
我从梦中的青山醒来
树木在窗外已经伫立了很久，浑身是雪
午后的阳光，多像一团团温暖的棉絮
而你一滴骤然变冷的眼泪
却使我浑身湿透，沉重了一辈子

# 风信子

风信子，轻盈的，使风有了飞的形状
使月亮的光变得更金黄
啊，我从不曾想着松手，一朵花
飞过，如鸽子
燃烧的，不仅仅是晚霞
甚至风信子也在燃烧，在你眼睛的天际

黑夜的思慕难以入眠
空气和水，还有你渴望深入的泥土
因你而诞生了无数触觉的根须
你抓住了我的白天，也抓住了我的黑夜
我对你伸开手臂
像小孩，迎接一个雪花的梦境

风信子，没有什么可以阻挡你的飞
太阳巡视我正午的头顶
我是毗邻你蓝色的风信子啊
每一个瘦骨嶙峋的黑夜
我对你的想象都异常丰腴肥美
风信子，你是栖息在我心尖上的繁华梦

# 距　离

遥远的大海，住着春暖开花的你
在一条睡眠的河流
我做着梦
如烟的你，带着夜的温柔
潮水般袭来，越来越近
云朵轻轻地掠过
你是未曾绽放的花朵
属于那片纯净的蓝天
属于暗恋和崇拜你的高山
在追寻你踪迹的巷子
我数次醉倒在酒盏
思念在时空里来回穿梭
并开始逐渐灿烂
极致后变身为昏天地暗
我因热烈而干旱
今夜，在你的每个毛孔
我想种下我热爱的诗句

# 冷

## (一)

就像是一尾闯过网眼的鱼
我带血的鳞片
染红在自己的泪水里
没有风的日子
很静，即使有波澜我也不惊
像水一样
我在不同的季节变换形状
适应各种各样的不透明
对于冷，我没有更好的药方
去治疗旧疾
我只想隐藏于上帝的体内
与时间同生同灭

## (二)

让自己再冰冻些
只有冰冻三尺才愈显纯净
我将剩下的时间去等待

使落叶变暖
与火接触
忘掉自己的生和死
先融化，再融合
直到梦醒后与洪水一起咆哮
让低洼的地方蓄满我
我更愿意
委屈成一朵雪花
在你的眼角闪烁

## （三）

在一个个瘦骨如柴的日子里
我坐井观天
头顶上的每一朵云
都是过客
而我不曾遇见
那么高，那么远
我是如此的弱不禁风
你一呼一吸
使我冷得无处栖身

# 沉默歌者

从崎岖的身躯，一条河流
漫过胸膛离我远去
那是什么样的日子
会以这样的方式，河水淡定流过
让不羁的双眼
遥望高山
遥望一束飞逝的光线

河水从脊背流向更远的地方
其实我也在漂泊

而潮水的哀伤
总是无名的，如窗外的青山环绕
生命的炊烟隐忍缄默
任凭风的摆布
当太阳沉没在黑夜里
你是沉默歌者
在斑驳的墙壁上，如蜘蛛
编织一个又一个
无人仰望的春秋

像野草倒伏在前进的路上
像月亮透过窗棂挥洒淡然的清光
你以过客的身份
连接下一个亦步亦趋的理想
当叶子舒展梦幻的翅膀
当青鸟不跪求一棵树
你是否会从黑夜徒步到黎明
来到我身边，握住我的手
握住一朵未被怜悯装饰过的花

# 月亮落满了往事的尘埃

——你所以成为我全部的疼痛，
是因为我们早就难以割舍

## （一）

躺在最安静的地方
不想再听泥土上面的喧闹
开花了
颜色鲜艳
那是我的颜色
在最繁盛的时候
入土
与花同样的面容

生命燃烧完了
只剩下一声不吭的木炭

静默的雪
没有像云一样
升到天堂

我听到雨的声音
因为坠落而获得新生

## (二)

被时间掀起的风
不停地吹拂
你的影子在晃动
月亮落满了往事的尘埃
天地苍凉

幽静峡谷的野花逃离城市
躲在泥土下沉思
五月，是条日渐消瘦的河流
流淌着你
独一无二的寂寞

今夜，我不能带你回家
因为我也是无家可归的人
你曾经的哭泣
是对我千山万水的疼

## (三)

你像一颗小小的微尘
落在我的心头

其实，我上一辈子已爱上你
在时光纵横交错的阡陌
为了你，我此生愿意把心晒干
碾磨成粉
如果你也思念远方的我
请记住取一小勺
温水送服

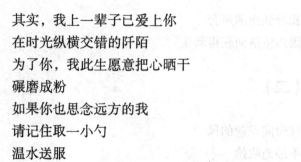

# 一个人的花园

从此，坐在云海里看你
你一直走，我如影随形
请你把那匹白色的马交给我吧
我的白马是飞翔的鸟
天马行空
蓝天中的一朵白云
你飘忽不定
忽前忽后，忽左又忽右
今夜，我抚摸你的名字
把一半的怀念酿成青稞酒
另一半等待热吻
哦，我要到乡村去
买下十亩的土地
盖上房子，养花和种菜
也种下你的名字
等矢车菊花开，等你从天而降
我满城芬芳的心
只成为你一个人的花园

# 第九首情诗

在这些时间的段落里
我稍稍犹豫
眼前的一切转瞬即逝
昨天，你拨开浓密的黑发看我
然后转身离开
你把时间的足迹抹平
仿佛从来就未曾出现
我翻开书卷
看到你柔美的侧脸
掩藏在发黄的诗页背后
你笑了笑，束束阳光明媚散落
喜悦的夜色
被你的气息调得越来越稠密
黑暗中，我轻装从简
在你的羞涩之间
我仿佛经历了数个漫长的来世

# 在你的眼睛里我遇到了激动

你的眼睛挤满了春色
我被你指甲上的花朵
摇晃得胆战心惊
赤身绽放的花瓣
艳丽得像
精装书里动摇军心的插图
你行色匆匆

我在迷雾中摊开手掌
你春意盎然地走在我的指纹
周围安静，以至于你的呼吸
飞驰而来
把我撞得粉身碎骨

风吹着
空无一人的夜
在你的眼睛里
我遇到你月满枝头的激动
因此，我要买下你遥指的海岛
种上你喜爱的指甲花

# 季 节

秋天叶子因为时间的信口开河
纷纷落地。风如刀
割断了所有的枝枝蔓蔓
只剩下我，仿佛是一棵树
孤独地
站在你的面前
过着饥寒交迫的日子

我对爱情不再指鹿为马
雪放弃了冰冷的雄辩
甚至连那根只会舞蹈的草
此时也是沉默的旁观者
浪漫的足迹
把天拉得越来越低
几乎接近我的虔诚

眼睛因为鸟的飞过而深邃
我的心在最高的纬度上
奇葩般地绽放
绿洲前程似锦
而做梦的人

看见的是无垠的沙漠

把闪亮的自由还给你
我只做梦的囚徒
我是一棵树，在缄默中
怀念一只春天的蝴蝶
坐在月光的纸船上
我看见你从幽深的季节走来
你如炽热的太阳占领大地
却又与我咫尺天涯

# 紫荆树

紫荆树，我爱的不是你的叶子
我爱的是你叶子上的五瓣红唇
今夜，你没有了阴影
我的阴影也消失在你的目光背后
三月，你四处散发传单
只告诉这个世上
你是我唯一的紫荆树
我骑着白马找你
却被别人误以为是一匹黑马
紫荆树，你的花朵比天高
但没有一朵
与我有呼吸间的距离
春天，风比你的头发温柔
我远道而来
被你的花影彻底迷住
你花绽一瓣
我的心情也跟着次第盛开

# 我愿意

河流因时间而干涸
生命因捶打而精彩
我愿意是脱身尘世的石头
因慷慨真诚而开花

叶子因霜雪而色彩斑斓
生命因奉献而无足轻重
我愿意是被切割的钻石
因思想多棱而价值永恒

湖水因沉寂而平静
真理因掌握而无声
我愿意是月光
因梦境浪漫而温馨

水因顺势而为而奔腾不息
风因四海为家而勇往直前
我愿意是热血覆盖的土地
茅草屋顶上的自由白云

# 进退失据



我坐在春天的雾水里
进退失据
没有太阳的日子，是如此的迷蒙
我们的目光
在这些浓浓的雾霭中
显得如此的软弱无力
生命中，总会有些事情
让我们在举手投足时更加犹豫不决
就像你，在我的面前
低头，只留下这些
我无法收拾的片言只语

虽然，有很多的词汇
落入了荒草
我也随着一闪而过的风景
而忘却了过去
但始终会有
这么一天到来，枝繁叶茂
会有这么一刻的难以割舍，细雨绵绵
我在距离你遥远的台阶等你
等灯火灿烂

等风在拐角的地方与我相遇
等所有的时光让我头晕目眩
最后还是想等你
等你是为了告诉你，我是一个女人
我要你的雨水
给我改一个名字
我没有更多，只有弱水三千
在你的巷子里
我是你最深的那个酒馆，青苔斑斑
朴素得如你脚下的瓦片
坐在天井里观天
透过你的指缝
我愿意做一只井底之蛙
听蝉鸣，听鸟叫
听一阵急过一阵的风声
飞过我的耳根
而我能从这些杂乱的声音中
辨认出你的呼唤

我洗尽铅华
是为了拥有你一次轻轻的抚摸
我远道而来
是为了实践我对你一次义不容辞
在你的世界里
我愿意做一粒小小的麦子
今天，我站在这里

只想让喜悦的泪珠砸疼自己
我可以活得更美
冷静，或者热烈
这个春暖，还有下一个春天
我决意放纵自己
因为你，我不否认想再多一点激情
其实啊，在你的面前
我歌唱的花，不想再安分守己

# 溺爱雨水的女子

那一场春雨什么时候来过
什么时候走
我不曾记起
但是，你的背影
我永远记住
温暖，恰如冬天里的一盏油灯
那时，也乍暖还寒
偶尔，天空飘下的
不知道是雨，还是你的雪
冷，是自然的
很久很久的事情，其实从来就不着痕迹

你远远地来，面色冷峻
因为灯光，我看不清你
但我感觉到你的世界棱角分明
我在低处看你
而你在很高的地方站着，高深莫测
我怀念你，就像怀念
一座被海水簇拥过的岛屿
我也怀念一场春雨
但怀念与这样的春天无关

那个春天
我是一棵山坳里的春桃
开过，也谢过，不早，也不迟
为着赶上你的雨
我颠沛流离
而你的雨，始终让我望尘莫及
爱一个人
就应该为一个人凋零
我绽放的时候
你没有看到我最美的一刻：脸颊绯红
现在，我依然面容姣好

我是一个如花的女子
爱你，纤毫毕现
我坚定不移地爱你
爱你的冷漠
爱你的光环
甚至爱你不爱的事物
那会儿，我年轻，姹紫嫣红
就像冬天里的梅花
只静静地等待你一场悄无声息的雪
我仰着头，既清新，也纯净

在幻想中
那些次第绽放的心境，簇簇似锦

啊，那个春天
我傻傻地等待出嫁
等待你献给
我一个触目惊心的微笑
等待你的气息呼啸而来
我旋即落花流水
而你，在那个春天
率领千军万马疾驰而过
你没有勒住缰绳
察看我被你一箭穿心的疼痛
于是，我像雨水般掩面痛哭
那个春天
我的双眼，烟雨迷蒙

# 午后，回到了旧时光

在故乡的树荫下乘凉
与一只儿时的蝉久别重逢
于是，我想起你
热带风暴般狂舞的黑发
像一群群鸟儿
从我的心倾巢而出

多少年啊
我常常梦见你归巢
但每次醒来
却发现
你早已迁徙到南方的湿地
我寂寥的心
再也没有鸟儿飞过
从此，你成为一只
我生命中空前绝后的鸟

# 不知道昨夜落的是雨还是泪

闭上眼睛
听到你涉水而来的声音
黑暗的世界因你的明亮而清晰可见
你轻轻地挥一挥手
我便身轻如尘
森林，草原和花海
你在哪里，我的心就在哪里
但你始终深藏不露
我邂逅你的静默
如邂逅
一只蝴蝶蛹的痛苦
夜深人静
我有倾城的语言却无处诉说
醒来时，不知道
昨夜落的是雨还是泪水

# 黑夜里想起骤然心痛的事



这个城市车水马龙
我冒着生命危险想你
而你却与另外一个男人熟睡
黑夜里，每个角落
都铺满了
你丰腴娇艳的睡姿
我赤脚走过属于你的夜
想起你
被一双手紧紧抓住的乳房
我的心就赫然留下鲜红的爪痕

# 死于非命的爱情

我永远无法
抹掉逐渐变形的阳光
从你的发缝
漏给我的每个阳光斑点
都是一个短暂的记忆
天涯海角的尽头
海风吹落我指尖上花朵
每片哀怨的花瓣
如我落寞无助的眼神
时间太短
短暂得你一低头
我的青山即老，爱也沧桑
把你最长的那根头发献给我吧
我要用它编织成篮
带走这死于非命的爱情

# 怀裹你一束月光



陷入夜的沼泽
做一个属于自己的梦
但我对你
不会发出任何微小的声音
我永远站在这里
把你凝望
怀裹渐行渐远的月光
即使全部破碎
我也会在心的裂缝藏匿你
在星星疲倦的时候
如果你只留下一把梳子给我
而不是你的心和灵魂
那么，我会轻轻把门关上
绝不带走你
每个春意盎然的早晨
那时，我会与你说声再见
留下青山，也留下雪

# 在同一空间遇见

在同一空间，我与你遇见
但你假装什么也没有看见

我是被你
用力
扔出去的小石块——
你曾经抚摸得发烫的小石块
它在天空中
划出一条最凄美的弧线
最后沉落在河里
寂寞
无声

从此，它永远成为时间的盲点
成为上帝眼睛的白内障

# 有一个人

## （一）

有一个人总是在我的心上
走来走去
她来的时候悄无声息
走的时候也一声不响
她踩痛了我
但从不曾回头
看看我这张被痛苦扭曲的脸

## （二）

心瓣，一片片坠落
而夜越来越深
深得迷惘
深得渺无人烟
偏偏此时
思念
穿墙而至

## （三）

男人端坐着
禅一样
他假装闭目养神
其实他的心
寂寞得门可罗雀
巷子深处，酒旗摇曳
尽管酒香馥郁
但始终无人问津

# 我是你叶子上的露珠

这是一个永远无法覆盖的夜
夜幕永远温暖
就像你盖住我额头的手掌
有些爱打开了闸口
即水到渠成
我原来爱过你，在你的前世
或许，我未曾爱过你
在你销声匿迹的地方
但我梦过你的月亮
在深邃无比的夜
因为你的照耀
我在寂静的夜便有清澈的光
今夜，我是你叶子上的露珠
因为深爱
而落在你日子的深处

# 黑天鹅

当我打开荒凉的手掌
河流便从指缝间缓缓流过
没有回首，也没有欢呼
两岸的树木和花朵
刻意地躲开这个憔悴的黄昏
把雨水的自由
献给了另外的天空

这时，我梦见一只黑天鹅
它的眼睛噙满泪水
高贵的头颅
顶着层层的忧伤
它内心的孤独也是我的孤独

黑夜里，飒飒的风把更冷的雨带回家
我知道那不是一只鸟的哭泣
而是无边的绝望在歌唱
空气中不再有浓郁的芬芳
阳光偏离了方向
它在黑天鹅的羽毛上停留了片刻
就迈向深渊般的远方

# 梦见海水蓝

你爱抚过海
在那个没有月光的晚上
就像风那样放荡不羁
你放纵你的目光
你放纵你的心
你把任何事物当做无线风筝
所以海与
你放纵的天空一样深邃

你不再是森林里的一棵树木
你不再是时间里的一截光阴
你是这个世界里的无法辨认
你的呼吸与沉默
滴水不漏，不动声色
你不再有真理的潮起潮落
你是没有肉体的海螺壳
告别浪，逃离海水的围追堵截

你静静地被遗弃在沙滩上
但你并不空虚
你依然被来自四面八方的风吹响

你有自己的声音
尽管你距离波澜壮阔很遥远
遥远得没有人可以听见
你通过思想的车轮经过这里
抚平河流暗处的足迹
然后踩着海水蓝继续纵情歌唱

# 你会看到海水的奇迹

最怕这耀眼的光
不能拒绝，难以阻挡
犹如你的目光
最怕这海水的蓝
连同星星
沉入你的心底
就像今夜
你把白昼剪碎
把模糊不清的一切
悉数交给窗外那双黑眼睛
你还把古老的词语
遗落在海
然后永远离去
现在，只剩下你的呼吸
只剩下你的假定
只剩下你无章可循的路径
如果你还会来看海
那么，当海水漫过你的眼睛
你将清晰地看见
海水一直隐藏着的奇迹

# 怀念那片海

如果你是海
我是你波光潋滟眼睛里
那条为情所困的鱼

我不再是你梦见的那个少年
在海的身躯上
我只是浪的睡眠者

如果没有风雨
我会沉寂于你心底的平静

没有人喜欢我荒芜的天空
我只能做一条神秘的鱼
居住在泪水里，让你的海同样无眠

# 无　论

无论你在哪里，我都是这么一个人
尾随着你，到海角，到天际
到一个黄昏的地方落脚
直至寸寸的光阴
因你的容颜变迁而荒废
无论你是否回首
我都会披上一树的叶子
不完全是因为结果而开花
不完全是因为寂寥而枯萎
我只想在渺渺的人生中
做一次你怀念的往事
做一次逝水年华中的浮萍
只盼望你用轻轻的手
将我安置在神也触摸不到的地方
让时间化为木的腐朽
让黑夜在宇宙中永恒

# 无 题

自由很新鲜
有人用全部的血去燃烧
而我整夜在哭泣
因为失望
堵塞了我灵魂的毛孔

像一棵沉默的树
每片叶子
都让世界无言以对
蜘蛛因网破而保持固有的沉默
仿佛这是一场
噤若寒蝉的深切悼念

# 有种呼吸已成雪

还是那条路，狭窄的小径
与一朵花相遇
我们彼此互为春风
从此，我一生只想
与你的一根秀发相依为命
你爱我了，我一直停顿在那里
是什么把我当做一棵树
叶子欣欣向荣着你
吐出的心花
如一团火焰
又是什么把我化作一本书
在你酒酣之余
碰巧打开我的心扉
让我感知你的世界熠熠生辉
但今夜，你转身离去
我的生命陡如峭壁
你呼吸的雪
全部堆积于我的眉宇
你是不是
要待下一辈子才融化
成为我温暖的江河，蔚蓝的海

# 魅

我触摸过你柔情万缕的手指
这是我黑暗中
可以感受你慷慨的温暖
而你的暖来自于眼
来自于灵魂深处的一夜春风
仿佛是荒原上的野草
我被燃烧
没有什么能抵挡钟爱的光临
胭脂的红与花的落
在同一的路上竞相出现
那是风起黄沙，和岛屿的沉没
也曾经是一扇门
对我打开后
你迷醉的阳光对我千依百顺
当生命中的绿树
植满我的青山
你却春江水暖般地流过

# 我做了一个枉费心机的梦

我梦见你，如同翻阅一本书
每一章节都紧扣心弦
因此，你的影子
消融了我所有的光阴
月光因为秋分格外的清凉
但你的手令人鞭长莫及
我用柴火的热烈来爱你
而寂寞需要长时间回忆
我已经把自己
当作你遗忘的字迹
而怀念的日子总是来路不明
寒夜里，音讯全无
我无疑是做了一个枉费心机的梦
我不再是你路遇的风景
而是衣衫褴褛的僧人

# 白昼在等待中缓缓爬行

白昼在你黑黑的眼睛中缓缓爬行
就像一枝狗尾草
你站立在荒野里等待和微笑
风远远落后于你的身影
我总是疑惑不解
为什么你一直弓腰前行
是不是你的头颅太过沉重
让你变得如此的低微
低微得整个脸孔
几乎紧贴着这块没有温度的土地
在这座不属于你的城市
你什么也不曾看见，甚至你自己
你除了孤身一人，别无所依
所有的生活于你都形迹可疑
除了秋霜和冬雪，你别无长物
是不是童年的那个世界
在你的心里早已时过境迁
你曾经歌唱的世界
只剩下满眼飞扬跋扈的尘埃

# 河流与印象

冬天的河流不再落拓不羁
它静止了，像死去一样
树木直直的站立着，血是凝固的
叶子在地上睡着了
没有人理会它们的沉静
整个冬天，一阵接着一阵的风在放肆
它们的喜悦
比夜晚的灯光更璀璨
我们忘记了城市的一夜倾情，
无数个黑夜，像挽歌一样在奏响
悲哀是难免的，正如风暴的手掌
掌握对每个人生杀予夺的命运
但初生的婴儿睁着大眼睛
他们在爱的摇晃中醒来
天真无邪地微笑
不知道世间的毒辣与阴险
他们用小小的脚掌
在我们的脸上抚摸
然后用我们听不懂的语言
告诉我们这个世界是什么模样

我们是泪水经过的流域
初生的名字正在招兵买马
河流相信他们将来一定会稳操胜券

# 如果你的青丝也是记忆

如果你的青丝也是记忆
我会在薄暮中
等候你睫毛掀起青春的帷幕
那时，你会发现我的脸
虽然冰凉，但手掌依然温热
或许你不会
顾盼微风中我苍老的侧影
你路过的街灯
在我身后也一盏盏熄灭
但我会挥起衣袖
为你推开山谷与河流
每个细胞都萌芽，出落为森林
你看见我躺过的地方
将变成无边无际的草原
那时，我愿意你是一朵无忧花
忘记我曾经也是你生命中的一粒种子

# 岸上花

孩子，我用最迫切的希望去爱你
悬崖的风
轻轻地擦拭你的额角
泪从你的眼角慢慢地淡定涌出
即使世界上所有的路都变窄
即使宇宙中没有可以容纳你的角落
我依然会在黑夜中点亮双眼
引导你的灵魂回家
那时我已经走过很长的路
曾经风光的手指不再柔软
头发闪烁着雪光
而你，作为大地上的一朵花
把我来不及去爱的事物
今生一次性地爱完
不要像我那样，把饱满的爱
遗憾地留给越来越远的来世

# 海　妖

海，把最妖媚的蓝灌入你的眼
我想象自己是一条鱼
潜入你的心脏
我愿意承受无情的海水
把我扔至沙滩的痛苦
在海面升起新月的清辉中
我看见浪花妒忌的眼神
直扑天际
碧空如洗的我
从无数的帆影辨认你的方向
桉树制造的冷风
横贯我无形的身躯
当你成为我生命的一部分
我不怕海水淹没我的声音

# 穿越时间的长廊

记忆是
清晨
阳台上的一束
金灿灿的光
在微风中
飞翔，然后落地歌唱

在笑容中
日月
倾巢出动
为你
捧出绵延不绝的晴朗

穿越时间的长廊
唯有不变的青春是从容的
所以这样
是因为花朵的种子
让泥土
也懂得了由黄转青的热爱

孩子啊，我只对着花儿

讲述你青出于蓝的故事
青草在摇曳
露珠
如你双手紧握的
漫天繁星
在生命中永不凋零

# 青春是一个句号

青春是一个句号
这么厚的土，我无法再破土而出

一个又一个夜雨袭来
在不可思议的地方
冰河开始解冻
并在高高的河床上泛滥
而我的声音不敢贸然浮出水面

每一个探索的眼神都是流星
划过记忆的天际

# 无边的遗忘



黑夜很深
深到我们骨髓的故事里
你是这黑夜海上的唯一岛屿
谁也阻止不了我的
乘风破浪
低语漫过，潮湿的土地
裸露出你小小的花
你已汲取我生命中全部的雨
漫长的黑夜
天神目睹我汹涌地流过

# 父亲，永远是我生命中最灿烂的背景

## ——父亲节纪念



从一月一日，我就开始追赶一个日子
这个日子，经得起风吹雨打
炊烟的白发
每秒都在更新我的心情
劳作的汗水
蒸发为无足轻重的浮云
我把河水流干
把湖水挤干
把大海变成蓝蓝的一瓢
是为了您
用世界上最耐心的耳朵谛听
我一次秘密奔涌的热爱
直到赶上今天
我步履蹒跚地说出我爱您
泪水
在这个黄昏
顷刻攀上了高原

啊，父亲

时间一千年太久
我守住今天
只是为了释放一次风尘仆仆的思念
开或者未开的窗口
关或者未关的大门
您站在青瓦的屋顶
把一颗不善于表达的心
铺成一幅辽阔的地图
而您的爱
就是我脚下一条平坦的路

父亲，我爱这六月的阳光
也更爱您的寂寞
爱您浑浊的眼睛
爱你枯枝的腰板
爱您藏匿无数苦难的皱纹
我从昨夜就开始流着眼泪
抵达这里
在一朵花的温暖与宁静中
我，今天与您重逢
啊，父亲
您清贫的时光，深一脚，浅一脚
在霜雪到来之时
带着我走得很深也很远
没有你的目光
我将是多么的孤单

# 淡然若菊

预料中的灵魂贴紧俯首听命的窗户
黑暗中各种鲜花尽情绽放
我夜半未眠，沉迷于
儿时一只志存高远的风筝飞翔
手中的线越放越长
而徐徐降落的命运，此时却淡然若菊
如水的时间在热爱中沉稳轮回
每个小小的生命
在江面上波浪般跳跃前进
有时我也优雅地坐在沸腾的水中
跟随着几片茶叶一起沉浮
但我不会屈从于周围目光的无情照射
也不因为身世的卑微而感觉辛酸
即使手足苦于奔波忙碌
但我身体的河流，依然江面宽阔

# 枕诗待旦

我不知道雨会下得这么大
望着乌黑的天色，我真的无话可说
想一想，这是初夏
雨竟然会这么冷，冷得我失忆
甚至想不起你是谁
风吹动我的心，我明显感到
持续的冷不可避免，但女人耐寒
每当如此，晴或雨
取决于冥冥之中上帝的回心转意
冷，我是难以抵御的
正如我无法抵御
对你冤家路窄的思念
我很想向太阳鞠躬，或者钻木取火
为自己备份一点暖
可是，我的心是如此的潮湿
沉重得再也无法越过千山万水去爱你

# 所有的事情都以渴望的方式发生

我中毒了，难以呼吸，处于窒息的边缘
你深入到我的灵魂，埋葬了我的傲慢
你从头顶直贯穿我的心脏，每一处
都剧痛无比，而你，从未出现
你进入我的心，说："就是要折磨你！"
如此的折磨，我死去活来
但我愿意承受这样的折磨
因为我喜欢这撕心裂肺的爱
我体无完肤的躯体
是你的，我的眼睛是你的，还有
这千疮百孔的心脏也是你的
亲爱的，我愿意死在你的面前
就让我像上帝的预言那样死去吧——
死于一次浮踪浪迹的爱情
我盼你用黑夜的头发
覆盖着我，纠缠着我，捆绑着我
我对你心怀感激，奉若神明
我乞求你用乳汁
温热我，在这令人不知所措的冷
我对天发誓，我臣服于你
月亮在上，苍天可鉴

# 影　子

就连梦中
你遗留的一根头发
都那么重
压得我的心喘不过气来
好像是要忘记
你累赘的名字
在天色发沉的傍晚
我独坐天井
想起一朵黑色的郁金香
那野性的花瓣是我要去的地方
我想独辟蹊径
循着你的芬芳，从梦中出发
可是，你依然遥远
甚至是我的梦都难以抵达

# 半个世界也可以完美无缺

被时间挥刀斩碎的阳光
散落在我的床头，每一粒都发光
黑暗混进了咖啡旅馆
我在一面窗帘外漫游
看见很多形态各异的草和花
有毒的异常芬芳
像一只只没有故乡的蝴蝶
我迷醉入睡，醒来时
与你明亮发烫的眼睛不期而遇
一些语言鱼贯而入
并在我的嘴唇上卷起万顷浪花
其实，我最喜欢你的手指
在我的黑发中间穿梭不停
也感恩你抵达我身体时留下的温暖
让我渴望再次升腾和堕落
我不知道自己是否坠入爱河
那夜，刚好你经过我
而我适逢灿烂，所以燃烧
多么美丽的伪装啊
我在你的面前低下头，你走你的路
但你无法阻止一滴雨的蒸发
也无法阻止一次灵魂的游离

# 相信阳光下的每次美丽相遇

## ——写给 LSC

孩子，外面的阳光真好
你应该离开这里，到外面走走
去你父母未曾去过的地方
用脚走遍整个地图
而不是用眼睛

地点不是废墟的巴比伦
不是希腊和你站在历史书上遥看的罗马
有人的地方已经没有风景
风景总是在没有人的地方
你要把勇敢印在天边的那朵云

我依然会为你写诗
但这不是我爱你的唯一方式
你也不要以唯一的方式爱你的世界
我相信你的眼睛
相信阳光下你的美丽相遇

# 梦里的哭泣

你的心被闪电掀起了一角
这里没有风花雪月
仅有的一朵过滕的玫瑰
露出小脸，对你羞涩一笑
姹紫嫣红只是荒凉中的一次暗示
其实，我也很寂寞
没有人知道太阳也有眼泪
它梦里的一次哭泣
落在我的心上才叫做雨
我们在雨水的情愫中寻找滋润
快乐历历在目
惟有忧伤在故意躲闪
我爱过你，心灵异常干净
今夜，你纵情燃烧
照亮一张迷失于归途的脸
孤独者，一直在这里孤独
那个不知道月光的人
把我的生命席卷一空
而感情却在这里流连忘返

# 第十一首情诗

我是倚墙而立的容器
几十年的光阴，心始终倒影着你
轻轻地掩上门
迷蒙的夜色
被风折磨得越来越憔悴
时间翻山越岭
对你，我归心似箭
思念的磷火
使空气越来越薄
你不在这里
今夜，我无家可归
四周漆黑，忽如墓地

# 我在黑夜里抚摸我自己

我在黑夜里抚摸我自己
就像抚摸一块被太阳灼伤的岩石

山峰因为神的恩赐而成为信仰
冰雪因为神的泪滴而成为汪洋
唯独我顽固不化，像烟波浩渺的江河
在这里千回百转地爱着你

我在黑夜里抚摸我的脸颊
就像抚摸一把破碎不堪的木吉他

月亮因为思念的灼痛而与云相拥
生命因为灵魂的相遇而与心重逢
唯独我画地为牢，像夜幕降临的星星
在这里孤独迷茫地爱着你

啊，我一次次地抚摸我自己，抚摸雨的悲伤
抚摸泪水中你的倩影，然而我的抚摸
却是秋风吹落的梧桐树叶
我只好在光秃秃的空虚中爱你

啊，这无边的夜，你的影子络绎不绝地出现
即使是黑夜的黑
也无法围追堵截我对你的意乱情迷

# 我不可能不热爱自己

一路走来，尽管坎坷不堪
但我仍愿意
屈膝匍匐向着你朝拜
你是我最热爱的女子
透过你的眼睛，晨曦正洒在我的身上
我总是忍不住想
是什么的风，让我变得如此轻盈
如此的对自己不可忽视
你独坐在时间的枫叶
一朵硕大的乌云
正要掠夺你脸上的绯红
为了你，我不可能不热爱自己
我要把阳光
扎成一束最美的花
放在你的窗台
然后通过叶脉把我的血液
灌注到你呼吸达到的所有角落

# 我的思念水流湍急

我寻遍所有的河流
发现你说过的话
依然停留在你最初的码头
水的呼吸
引诱成千上万的鱼在游动
拂晓，我思念你
像一个瞎子
在黑暗中抚摸大象
多少次，我想在泪光闪动的
树叶间忘记一切
可是，在熙熙攘攘的人群中
我无法忘记
一朵莲花的美丽
彼岸在荒无人烟的岛屿
而我的思念水流湍急
难以折身返回
因此，我用一种方式走进你的白昼
因此，我用一种模式选择你的歌声
我要把你带到遥远的大海
倾听彼此，直至呼唤消失

# 沉沦的记忆

我漂浮在你的海岛
我知道自己没有什么了不起
没有任何的神秘
但我无法停止谦卑的爱

千杯不醉
是苍凉颓废的醒
天上的云彩逆风漫步
谁爱过我，也是时间的一瞬

就像是时间的眨眼
想起荒草
毫无障碍地越过我的额头
失乐园的城墙葬入了黄昏

我坐拥群山
叶子纷纷落入爱的故土
我想用几个朝代的背影
遮掩你的哀伤

当情陷爱的囹圄

有谁可以为我卷袖拂尘
而铁石心肠
半是灰烬半是轻烟

# 因为爱得太深，所有无声

深夜，一滴泪跌落水井
但我没有听到泪水的呼救声
我想这滴泪
一定淹死在幽深的水井里
这一刻，我想起
在水井里沉默着的月亮
我相信它对这滴泪毫无知觉
外面有更大的风雨
把我的心
也弄得泪流满面。漆黑里
我常常因为回忆而滑入寂寞的海底

## 致 你

打开眼睛，我发现自己
并没有生活在你的生活之中
世界像无底的黑洞
有一朵雪花想着，想着就融化了
溅落在我的脸上，最后结一层薄薄的冰
我的声音是寂寞的
一路上都是如此的寂寞
与黑暗的世界融为一体

哦，为了能在黑暗中爱你
我一直闭着眼睛
因为黑暗是我唯一的希望
像是风追逐着一朵云
我固执地喜欢黑暗
我横渡了所有的白昼，向你妥协
无休止地拥抱着你的影子
然后平静地死于你眼睛，毫无任何的怨恨

# 留给你静谧的月光

每一次回忆
就像是在自己的肉体抽丝
疼痛得眼睛湿润
痛不是伤，痛是记忆的证明

现在，我才发现时间这个筛子
并没有筛去我的痛苦
相反，它筛出的痛苦更细致
细致得对我无孔不入

无限的光线穿透我的心
然后消失在记忆生长的地方

你的头发消失了
你的眼睛消失了
你的记忆消失了

剩下我没有消失
但我是黑暗中的即将消失
我将留给你安宁的月光，和白发如霜的歌谣

# 我去的那个地方叫做月亮

摘下一颗心，奉献给你
没有心了，我就变成一只不会飞的鸟
亚热带的阔大树叶也是翅膀
但它们也不会飞
我的葬礼在月亮上举行

那是多么苍白的光啊
我要忘掉与你走过的每条街道
忘掉幽暗灯光下的一杯咖啡
忘掉音乐中奄奄一息的温暖气息
我要忘掉自己，因为我已经死去

大海淹没了我，怀着它的善意和爱
宇宙是空虚的，星星目光炯炯
它凝视这个世界，但从未知道我的存在
星河中，我到哪里寻找你
我手捧一颗心，乘着月光，将你呼唤

你是不是看到了那些被点亮的思想
不再一样，它们盛载在我的躯壳
听从你的指引，让我流浪的灵魂转向你

你给予我纯洁的天空，以及峻岭的崇高
我摘下一颗星，虔诚地奉献给你

现在，我要忘掉那条与你牵手走过的铁轨
忘记山和湖，忘记沮丧和哀伤
忘记你流星般愉悦的语言
我知道自己不曾背弃，一个道德的灵魂
他的心，埋葬在月亮之上，留下羽毛陪伴着你

# 六月，忧郁的心和烙印



六月，我的呼吸已经衰竭
清晰的记忆漂洋过海而至，太阳太远

爱的边缘，是我忧郁的心和伤的烙印
当雨水沾满了青春植物的清秀
你青瓷般的面孔
冰冷得难以触碰
忍冬青的花开了两年，就不再开了

从此因为凋谢而成为永恒
在梦中，你被雨水漂洗的秀发终于变黄发白
我依然静谧地爱着它们
用不着大声喧哗
满心欢欣地照顾它们直至齿摇发落

还有我古老的骨骼
烧成灰之后可以种植玫瑰
你不必再惊恐它满身带刺，伤害你
使我的手指也因为失血而苍白
我们本有数万次相遇，相遇一次即永恒

可爱情，关闭心门就是一个绝情者
不会再给我一把回家的钥匙
六月，无数的树木唯有你扎根于我的灵魂
而你经历我的时间之后
不再留恋我孤独密布的天空

# 除了爱，我对你无以馈赠



## (一)

我每天为着祈祷而放弃希望
生是卑躬屈膝的，但似乎并不可怜
读读诗文，从句子里寻找方向
把发霉的日子翻晒干净
不管何种苦难降临
我都要制造欢乐，给幼小的树苗
我喜欢你面孔的清凉
如今，你不再萌发新芽
但绿叶依旧，而且颜色越来越深
多少次我的心都转向你
而你背着我微笑，璀璨绚丽
婆娑的时光
在你的沉默中揭示结局
倒不是因为失去而成全了别人
而是失去可以促使自己脱胎换骨
想想你曾在我的生命
刻下一段碑文
那时我哭，也笑，手舞足蹈

现在我坐在风里，饱含回忆

## （二）

我偶尔也会揭开伤疤
看看伤后的皮开肉绽是什么颜色
笼中的小鸟跳来跳去
我的心隐藏着一头困兽
醉舞的神，以及被唾弃的灵魂
永远不属于我，它们只属于抚爱的森林
因为燃烧而吐出的火焰
使我认识的所有言词面目全非
时间的灌溉，无法滋润嘴唇的焦渴
当你沉入梦境清澈的河底
我则怀抱世俗的枯枝漂浮于世
有多少长叹的烟囱吐露心声
就有多少的美好的意愿
沉积为我喃喃自语的劳累
如果我的热爱不与你的青春匹配
如果蔷薇的记忆只是一首哀歌
那么，我要抖落思念的树叶
在你真诚呼唤之前，请宽恕我的眼泪
不再倾诉于一朵罂粟花

## （三）

我在梦里燃烧，身心俱焚
嫉妒如蛇吐舌，在黑夜里咝咝作响
曾经幸福的松树，向我射出飞针
冰冷的月光，雪藏我沸腾的心血
祭祀爱情的头颅，浸透了忠诚的麝香
而你隐身于虚无，留下硕大的天空
让我去填充。我成为不眠隐士
无法向你敞开心扉。遗忘者
请允许我以死者泡沫的眼睛守候你
我是无人倾听的河流，从今以后默默流淌
而你，自由土地上的花
我今夜要拥抱你的红晕入睡
倘若我的生命还可以再次从你的眼睛入海
请你先把我带往没有疆域的天空
我渴望是你眼眶的雨，因为你的温热
而扑向大地。当你与我的星星
从此陌生，与我陈旧的脸庞挥手告别
你已杀死我，但火留下了我的灵魂
天地之间，除了赤胆忠心，我对你无以馈赠